CÃES NEGROS

IAN McEWAN

CÃES NEGROS

Tradução
Daniel Pellizzari

Copyright © 1992 by Ian McEwan
Proibida a venda em Portugal.

*Grafia atualizada segundo o Acordo Ortográfico da Língua Portuguesa de 1990,
que entrou em vigor no Brasil em 2009.*

Título original
Black Dogs

Capa
Jeff Fisher

Preparação
Ana Paula Martini

Revisão
Jasceline Honorato
Renato Potenza Rodrigues

Dados Internacionais de Catalogação na Publicação (CIP)
(Câmara Brasileira do Livro, SP, Brasil)

McEwan, Ian.
  Cães negros / Ian McEwan ; tradução Daniel Pellizzari. —
1ª ed. — São Paulo : Companhia de Bolso, 2021.

  Título original: Black Dogs
  ISBN 978-65-5921-309-2

  1. Ficção inglesa I. Título.

21-79213   CDD-823

Índice para catálogo sistemático:
1. Ficção : Literatura inglesa 823

Eliete Marques da Silva – Bibliotecária – CRB-8/9380

2021

Todos os direitos desta edição reservados à
EDITORA SCHWARCZ S.A.
Rua Bandeira Paulista, 702, cj. 32
04532-002 — São Paulo — SP
Telefone: (11) 3707-3500
www.companhiadasletras.com.br
www.blogdacompanhia.com.br
facebook.com/companhiadasletras
instagram.com/companhiadasletras
twitter.com/cialetras

Para Jon Cook, que também os viu

Ultimamente, de certo modo, não sei o que quero; talvez não queira o que sei e queira aquilo que não sei.

MARSILIO FICINO,
Carta a Giovanni Cavalcanti, *circa* 1475

NOTA

Os locais mencionados neste romance correspondem a vilarejos reais na França, mas os personagens a eles associados são inteiramente ficcionais e não têm qualquer semelhança com pessoas vivas ou mortas. A história do *Maire* e o próprio *Maire* não têm qualquer base em fatos históricos.

I.M.

PREFÁCIO

DESDE QUE PERDI MINHA MÃE E MEU PAI em um acidente de trânsito, aos oito anos, fiquei interessado nos pais dos outros. Especialmente na adolescência, quando muitos dos meus amigos rejeitavam os próprios pais e eu, solitário, passava razoavelmente bem com o que obtive de segunda mão. Na vizinhança não faltavam pais e mães um tanto abatidos, que ficavam satisfeitíssimos em ter por perto ao menos um jovem de dezessete anos para apreciar suas piadas, seus conselhos, sua comida, até seu dinheiro. Ao mesmo tempo, eu mesmo era uma espécie de pai. Naquela época, meu ambiente principal era o casamento recente, mas já prestes a desmoronar, da minha irmã Jean com um homem chamado Harper. Minha protegida e amiga íntima nesse lar infeliz era minha sobrinha de três anos, Sally, filha única de Jean. Os ataques de fúria e as reconciliações que sacudiam o grande apartamento — Jean tinha herdado metade da herança; a minha ainda estava sob custódia — costumavam poupar Sally. Como eu naturalmente me identificava com uma criança abandonada, de tempos em tempos nos escondíamos em um quarto amplo com vista para o jardim, ela com os seus brinquedos e eu com os meus discos, e uma pequenina cozinha que usávamos sempre que a selvageria do outro lado da porta arruinava nossa vontade de dar as caras.

Cuidar de Sally me fazia bem. Aquilo me mantinha civilizado e distante dos meus próprios problemas. Eu precisaria de mais duas décadas até voltar a me sentir tão centrado quanto naquela época. Acima de qualquer outra coisa, eu gostava dos inícios de noite em que Jean e Harper estavam fora de casa, em especial no verão, quando eu lia para Sally até ela pegar no sono e depois fazia meu dever de casa na mesa espaçosa ao lado dos janelões de vidro, abertos para o cheiro doce das flores perfumadas e da poeira do tráfego. Eu estava estudando para os exames avançados na Beamish, em Elgin Crescent, uma escola preparatória que gostava de se intitular academia. Quando tirava os olhos dos livros e via Sally às minhas costas na penumbra do quarto, deitada de barriga para cima, lençóis e ursinhos empurrados para baixo dos joelhos, braços e pernas bem abertos, em uma postura que eu interpretava como uma confiança totalmente sem fundamento na benevolência do mundo, eu me sentia preenchido por um instinto de proteção exultante e doloroso, uma punhalada no coração, e tenho certeza de que foi por isso que acabei tendo quatro filhos. Nunca nutri dúvidas a esse respeito; em certo grau, continuamos órfãos a vida inteira; cuidar de crianças é uma forma de cuidar de nós mesmos.

Imprevisível, Jean irrompia no quarto, movida por culpa ou por um excesso de amor depois de ter feito as pazes com Harper, e levava Sally para sua metade do apartamento com arrulhos e abraços e promessas inúteis. Era então que o negrume, a sensação oca de não pertencimento, quase sempre se abatia sobre mim. Em vez de me esconder num canto ou ficar assistindo televisão, como os outros meninos, eu saía pela noite, descendo a Ladbroke Grove, até o lar onde então me sentia mais acolhido. Passados mais de vinte e cinco anos, as imagens que me vêm à mente são de mansões muito brancas, de estuque, algumas descascando, outras imaculadas, talvez a Powis Square, e uma luz amarela e densa na porta de entrada aberta, revelando na escuridão um adolescente de rosto pálido, já com um metro e oitenta de altura, inquieto em suas botinas. Ah, boa noite, sra. Langley. Desculpe incomodar. O Toby está em casa?

Na maior parte das vezes, Toby está com alguma namorada, ou no *pub* com amigos, e recuo sem dar as costas pelos degraus do alpendre e vou pedindo desculpas até a sra. Langley me chamar de volta com "Jeremy, não quer entrar mesmo assim? Venha, beba alguma coisa com esses dois velhos chatos. Sei que o Tom vai gostar de ver você".

Depois das objeções rituais, o cuco de um metro e oitenta adentra a casa, é conduzido pelo corredor até um cômodo imenso, abarrotado de livros, com adagas sírias, uma máscara xamânica, uma zarabatana amazônica com setas de ponta envenenada com curare. Ali está o pai de Toby, quarenta e três anos, sentado à luz de uma luminária lendo Proust ou Tucídides ou Heine, sempre no original, ao lado de uma janela aberta. Ele sorri ao se levantar e estender a mão.

"Jeremy! Que bom ver você. Toma um *scotch* com água comigo. Senta aqui e ouve isso, me diz a sua opinião."

E ansiando por entabular comigo uma conversa relacionada a meus interesses (Francês, História, Inglês, Latim), volta umas páginas até encontrar alguma convolução espantosa em *À L'ombre des jeunes filles en fleurs*, e eu, ansiando da mesma forma por me exibir e ser aceito, encaro o desafio. Bem-humorado, ele me corrige, e mais tarde pode ser que consultemos o Scott-Moncrieff e a sra. Langley vai aparecer com sanduíches e chá, e os dois vão perguntar sobre Sally e as últimas novidades sobre Harper e Jean, que eles jamais conheceram.

Tom Langley era diplomata do Ministério das Relações Exteriores, e voltara ao país para ser lotado em Whitehall depois de três missões no exterior. Brenda Langley cuidava da bela casa e dava aulas de cravo e piano. Como muitos dos pais de meus amigos da Academia Beamish, eram cultos e endinheirados. Que combinação extraordinária e desejável isso parecia a mim, cujo background consistia em renda mediana e nenhum livro.

Mas Toby Langley não dava o menor valor aos pais que tinha. Ficava entediado com seus modos civilizados, sua curiosidade intelectual e sua mente aberta, e com a própria casa, espaçosa e sempre em ordem, e com sua infância interessante passada no Oriente Médio, no Quênia e na Venezuela. Estudava sem muito afinco para dois exames avançados (Matemática e Artes) e afirmava não ter a menor intenção de ir para a universidade. Cultivava amizades nos novos arranha-céus perto de Shepherd's Bush e namorava garçonetes e balconistas com pegajosos penteados bolo de noiva. Buscava caos e confusão saindo com várias garotas ao mesmo tempo. Cultivava um modo estúpido de falar, com todos os erros gramaticais possíveis reproduzidos em minúcias, que acabou se tornando um hábito arraigado. Como era meu amigo, eu não dizia nada, mas ele percebia minha desaprovação.

Embora eu insistisse no pretexto de visitar Toby quando ele não estava em casa, e a sra. Langley fosse conivente com isso, usando expedientes como "já que você está aqui, que tal entrar", eu era sempre bem-vindo em Powis Square. Às vezes me pediam uma opinião bem informada sobre os caprichos de Toby e eu me expressava abertamente, de forma desleal e pedante, sobre a necessidade que ele sentia de "se encontrar". De forma semelhante, eu habitava o lar dos Silversmith, psicanalistas neofreudianos, marido e mulher, com ideias fantásticas sobre sexo e uma geladeira de tamanho americano recheada de iguarias, cujos três filhos adolescentes, duas moças e um rapaz, eram uns vagabundos descarados que se ocupavam em furtar lojas e praticar extorsão em pracinhas da Kensil Rise. Eu também me sentia à vontade na casa ampla e bagunçada de meu amigo Joseph Nugent, também aluno da Academia Beamish. Seu pai era um oceanógrafo que comandava expedições pelos leitos inexplorados dos mares do mundo, e sua mãe, a primeira colunista do sexo feminino do *Daily Telegraph*, mas Joe achava os pais inacreditavelmente tediosos e preferia uma turma de sujeitos de Notting Hill cuja atividade preferida era passar a noite polindo os múltiplos faróis de suas lambretas.

Será que eu me sentia atraído por todos esses pais simplesmente porque não eram os meus? Por mais que eu me esforçasse, eu não tinha como dizer que sim, pois todos eram sem dúvida muito agradáveis. Eu me interessava por eles, e sempre aprendia alguma coisa. Nos Langley, fiquei sabendo das práticas sacrificiais no deserto da Arábia, melhorei meu latim e meu francês e ouvi pela primeira vez as "Variações Goldberg". Nos Silversmith, ouvi falar do perverso polimorfo e fiquei maravilhado com as histórias de Dora, do Pequeno Hans e do Homem dos Lobos, e comi salmão em conserva, *bagels* com *cream cheese*, *latkes* e *borscht*. Nos Nugent, Janet me explicou em detalhes o escândalo Profumo e me convenceu a aprender taquigrafia; certa vez, seu marido imitou um homem sofrendo da doença dos mergulhadores. Aquelas pessoas me tratavam como adulto. Serviam drinques, ofereciam cigarros, perguntavam minhas opiniões. Estavam todos na casa dos quarenta, eram tolerantes, descontraídos, vigorosos. Cy Silversmith me ensinou a jogar tênis. Se qualquer casal desses tivesse sido meus pais (quem dera), eu, sem dúvida, teria gostado ainda mais deles.

E se meus pais estivessem vivos, será que eu não estaria fugindo em busca de liberdade, como os outros? Mais uma vez, eu não tinha como dizer que sim. O que meus amigos buscavam me parecia a antítese perfeita da liberdade, um esforço masoquista para despencar na pirâmide social. E como era irritante e previsível que meus contemporâneos, especialmente Toby e Jo, considerassem meu arranjo doméstico um verdadeiro paraíso: o fedor sobrenatural do nosso apartamento sujo, o gim indecoroso no final da manhã, minha irmã estonteante, uma sósia de Jean Harlow que acendia um cigarro no outro, uma das primeiras de sua geração a usar minissaia, o drama adulto de seu casamento cheio de marteladas e estalos de chicote, e o sádico Harper, com seu fetiche por couro e seus antebraços bulbosos com tatuagens vermelhas e negras de galos de briga empertigados, e ninguém me incomodando sobre o estado do meu quarto, sobre minhas roupas, minha dieta ou meu paradeiro, nem sobre minha vida escolar, minhas perspectivas de futuro ou minha saúde mental ou odontológica. O que mais eu poderia querer? Nada, exceto me livrar daquela fedelha que vivia à minha volta, talvez acrescentassem.

A simetria de nossas respectivas desafeições era tal que aconteceu uma vez, numa noite de inverno, de Toby estar em minha casa, fingindo relaxar na sordidez congelante da nossa cozinha, fumando cigarros e tentando impressionar Jean — que, devo dizer, o detestava, com seu jeito popularesco de falar — enquanto eu estava na casa dele, confortável no sofá Chesterfield diante da lareira, aquecendo na mão um copo do *single malt* de seu pai, tendo sob meus pés descalços o adorável *bokhara* que Toby alegava ser um símbolo de estupro cultural, ouvindo o relato de Tom Langley sobre uma aranha com peçonha mortal e as convulsões de morte de certo terceiro-secretário no primeiro andar da Embaixada Britânica em Caracas, enquanto, na outra ponta do corredor, através das portas abertas, ouvíamos Brenda tocar um dos *rags* alegres e sincopados de Scott Joplin, que na época estavam sendo redescobertos e ainda não tinham sido martelados até a exaustão.

Tenho consciência de que boa parte do que acabo de relatar depõe contra mim, de que Toby tentando seduzir uma jovem bela e louca totalmente fora do seu alcance em circunstâncias impossíveis, ou as excursões que ele e os filhos de Jo e dos Silversmith faziam pelo bairro, é que demonstram um apetite apropriado pela vida, e de que a paixão de um rapaz de dezessete anos pelo conforto e pela conversa dos mais velhos sugere um espírito desinteressante; e sei que descrevendo esse período da minha vida eu inconscientemente parodiei não apenas, aqui e ali, as atitudes superiores e escarnecedoras do meu eu adolescente, mas também o tom deveras formal, distanciador e labiríntico no qual eu costumava me expressar, grosseiramente derivado de minhas parcas leituras de Proust, que em tese deveriam me anunciar ao mundo como um intelectual. Só posso dizer em defesa do meu eu mais jovem que, embora não percebesse isso na época, eu sentia uma falta terrível dos meus pais. Tive que construir minhas defesas. Uma delas era a pomposidade, a outra, meu desdém sofisticado pelas atividades dos meus amigos. Eles podiam vagar a esmo porque estavam seguros; eu precisava dos lares que eles tinham abandonado.

Eu estava disposto a abrir mão das garotas, em parte porque julgava que me distrairiam dos estudos. Com razão, eu partia do pressuposto de que o caminho mais garantido para escapar da minha situação — ou seja, para deixar de morar com Jean e Harper — era a universidade, e para isso eu precisava de boas notas nos exames avançados. Eu me dedicava como um desvairado, passando duas, três, até quatro horas por noite estudando, e isso bem antes da reta final dos exames. Outra razão para a minha timidez era que os primeiros avanços da minha irmã nessa direção, quando eu tinha onze anos e ela quinze, e morávamos com nossa tia, tinham sido tão ruidosamente bem-sucedidos, com uma horda sem rosto desfilando pelo quarto que supostamente compartilhávamos (nossa tia acabou nos botando na rua), que fiquei intimidado. Na partilha de experiências e habilidades comum entre irmãos, Jean tinha estendido seus belos membros — para adaptar a formulação de Kafka — sobre meu mapa-múndi e obliterado o território denominado "sexo", de modo que me vi obrigado a viajar até outros territórios — para ilhotas obscuras com os nomes Catulo, Proust, Powis Square.

E eu tinha minha relação afetiva com Sally. Com ela eu me sentia responsável e inteiro, e não precisava de mais ninguém. Ela era uma garotinha muito branca. Ninguém a tirava muito de casa; quando eu chegava da escola, nunca me sentia disposto a isso, e Jean não era uma grande apreciadora do mundo exterior. Na maior parte do tempo eu brincava com Sally no quarto grande. Ela tinha a conduta imperiosa das meninas de três anos. "Na cadeira, não! Vem aqui no chão comigo." Brincávamos de hospital, ou de casinha, ou de perdidos na floresta, ou de navegar até um lugar novo. Sem tomar fôlego, Sally narrava nosso paradeiro, nossos motivos, nossas súbitas metamorfoses. "Você não é um monstro, você é um rei!" E então às vezes ouvíamos do outro lado do apartamento um grito furioso de Harper, seguido por um ganido de dor de Jean, e Sally esboçava uma careta perfeita de adulta em miniatura, enquanto encolhia os ombros no momento preciso, e exclamava, com os tons melodiosamente puros de uma voz ainda novata em construções gramaticais: "Mamãe e papai! Estão sendo bobinhos de novo!".

E estavam mesmo. Harper era um vigia que afirmava estar estudando para uma graduação a distância em antropologia. Jean tinha se casado com ele quando mal completara vinte anos, e Sally estava com um ano e meio. No ano seguinte, quando recebeu o dinheiro da herança, Jean comprou o apartamento e passou a viver do que tinha sobrado. Harper largou o emprego e os dois passavam os dias inteiros em casa, bebendo, brigando, fazendo as pazes. Harper tinha um dom para a violência. Às vezes eu olhava inquieto para o rosto vermelho de Jean, ou para seu lábio inchado, e pensava em códigos masculinos obscuros segundo os quais eu deveria desafiar meu cunhado para defender minha irmã. Mas em outras vezes eu adentrava a cozinha e encontrava Jean sentada à mesa, lendo uma revista e fumando, com Harper diante da pia, totalmente nu a não ser pelo suporte atlético roxo, com meia dúzia de vergões vermelhos nas nádegas, humildemente lavando a louça. Eu me sentia grato por reconhecer que aquilo estava além do meu alcance, e me recolhia ao quarto grande e às brincadeiras com Sally, que eu conseguia entender.

Nunca vou compreender como eu não sabia ou suspeitava que a violência de Jean e Harper se estendia à minha sobrinha. Que ela tenha esperado vinte anos para contar a alguém demonstra como o sofrimento é capaz de isolar uma criança. Na época eu não sabia como adultos lidavam com crianças, e talvez nem quisesse saber; em breve eu iria embora, e minha culpa já crescia. Ao fim daquele verão, logo depois do meu aniversário de dezoito anos, Harper foi embora de vez e eu consegui meu certificado de exames avançados e um lugar em Oxford. Um mês depois, ao carregar meus livros e discos do apartamento até o furgão de um amigo, era para eu estar eufórico; meu plano bienal tinha funcionado, eu estava saindo, estava livre. Mas as perguntas insistentes e desconfiadas de Sally enquanto me seguia de um lado para outro do nosso quarto até a calçada me acusavam de traição. "Aonde você vai? Por que você vai embora? Quando você volta?" Percebendo minha atitude evasiva, meu silêncio coagulado, ela reiterava essa última pergunta sem parar. E quando imaginou ter me convencido a voltar, ter me desviado de uma graduação em História com a sugestão tão atrevida, tão otimista, de que, ao invés disso, brincássemos de navegar para um lugar novo, coloquei no chão a pilha de livros que carregava e corri até o furgão para me sentar no banco do carona e chorar. Eu sabia bem até demais como Sally estava se sentindo, ou como se sentiria; era quase meio-dia e Jean ainda estava dormindo graças ao gim e aos comprimidos com os quais lamentava a partida de Harper. Eu a acordaria antes de ir embora, mas em certo sentido, e um bem importante, Sally estava sozinha. E continua assim.

Sally, Jean e Harper não desempenham nenhum papel no que vem a seguir. Nem os Langley, os Nugent ou os Silversmith. Deixei todos para trás. Minha culpa, meu senso de traição não me permitiriam voltar a Notting Hill, nem mesmo para um fim de semana. Eu não suportaria passar por outra despedida de Sally. Imaginar que eu infligia a ela a mesma perda pela qual eu mesmo tinha passado intensificava minha solidão, e obliterava minha empolgação com o primeiro trimestre. Virei um aluno quieto e deprimido, um daqueles sujeitos sem graça quase invisíveis aos colegas, aparentemente excluídos, pelas próprias leis da natureza, do processo de fazer amigos. Tomei refúgio no lar mais próximo. Ficava em North Oxford, e pertencia a um professor paternal e a sua esposa. Por algum tempo brilhei ali dentro, e algumas pessoas me disseram que eu era inteligente. Mas não bastou para impedir que eu fosse embora, primeiro de North Oxford, e em seguida, no quarto trimestre, da própria universidade. Nos anos seguintes, continuei a deixar coisas para trás — endereços, trabalhos, amigos, amantes. Às vezes conseguia encobrir minha sensação irredutível de não pertencimento infantil fazendo amizade com os pais de alguém. Eu era convidado a entrar, voltava à vida e então ia embora.

Essa loucura patética chegou ao fim quando me casei, aos trinta e poucos anos, com Jenny Tremaine. Minha existência começou. O amor, para tomar emprestada a frase de Sylvia Plath, me pôs em marcha. Voltei de vez à vida, ou melhor, a vida voltou a mim; minha experiência com Sally deveria ter me ensinado que a forma mais simples de restituir um pai perdido é se tornar um também; que não existe melhor maneira de socorrer a criança interior do que ter os próprios filhos para amar. E bem quando eu não precisava mais deles, adquiri pais novos na figura dos meus sogros, June e Bernard Tremaine. Mas não havia um lar. Quando os conheci, eles moravam em países diferentes, e mal se falavam. June tinha se recolhido havia muito ao alto de um morro afastado no sul da França, e estava prestes a ficar muito doente. Bernard ainda era uma figura pública, cuja vida social acontecia inteiramente em restaurantes. Era raro verem os filhos. De sua parte, Jenny e seus dois irmãos tinham perdido qualquer esperança em relação aos pais.

Não havia como apagar os hábitos de uma vida inteira num instante. Despertando certo incômodo em Jenny, persisti na amizade com June e Bernard. Em conversas com eles ao longo de muitos anos, descobri que o vazio emocional, a sensação de não pertencer a lugar nenhum e a ninguém que me afligiu entre os oito e os trinta e sete anos, teve uma importante consequência intelectual: eu não tinha apegos, não acreditava em nada. Não que eu fosse um incrédulo, ou que tivesse me armado com o ceticismo útil de uma curiosidade racional, ou que enxergasse todos os argumentos por todos os lados; simplesmente não havia uma boa causa, um princípio duradouro, uma ideia fundamental com os quais eu pudesse me identificar, nenhuma entidade transcendente cuja existência eu pudesse asseverar de forma sincera, apaixonada ou serena.

Ao contrário de June e Bernard. Eles começaram juntos, como comunistas, e depois cada um seguiu seu caminho. Mas sua capacidade, seu apetite pela crença, nunca diminuiu. Bernard era um entomologista talentoso; ao longo de toda a vida, manteve-se comprometido com o entusiasmo e as certezas limitadas da ciência; substituiu seu comunismo por trinta anos de uma defesa devota de inúmeras causas relacionadas a reformas sociais e políticas. June se voltou a Deus em 1946, através de um encontro com o mal na forma de dois cães. (Bernard achava essa interpretação do evento quase constrangedora demais para ser discutida.) Um princípio maligno, uma força sobre os assuntos humanos que avança periodicamente, dominando e destruindo vidas de indivíduos ou nações, e então se recolhe à espera da próxima oportunidade; disso para a compensação na forma de um espírito luminoso, benigno e onipotente, acessível por residir dentro de todos nós foi um pequeno passo; talvez nem tanto um passo, mas um reconhecimento simultâneo. Ambos os princípios eram incompatíveis, na opinião dela, com o materialismo de suas crenças políticas, e ela abandonou o Partido.

Não sei dizer se os cães negros de June deveriam ser considerados como um símbolo poderoso, um bordão oportuno, uma evidência de sua credulidade ou a manifestação de um poder que de fato existe. Nestas memórias, incluí certos incidentes da minha própria vida — em Berlim, Majdanek, Les Salces e Saint-Maurice-Navacelles — que estão abertos da mesma forma tanto ao tipo de interpretação de Bernard quanto ao de June. Racionalista e mística, comissário e iogue, aderente e abstinente, científico e intuitiva, Bernard e June são as extremidades, os polos gêmeos ao longo de cujo eixo escorregadio minha própria descrença desliza sem descanso. Na companhia de Bernard, sempre tive a sensação de que faltava algum elemento em seu registro do mundo, e que era June quem detinha a chave. A segurança de seu ceticismo e seu ateísmo invencível me inspiravam cautela; era arrogante demais, um excesso de intransigência e negação. Em conversas com June, eu me via pensando como Bernard; eu me sentia sufocado por suas expressões de fé, e incomodado com a premissa implícita de todos os crentes, segundo a qual eles são bons por acreditarem naquilo em que acreditam, que fé é virtude e, por extensão, que a descrença é indigna ou, na melhor das hipóteses, digna de pena.

Não adianta argumentar que o pensamento racional e o *insight* espiritual são campos distintos, e que a oposição entre eles é uma falsa dicotomia. Bernard e June muitas vezes me falavam de ideias que jamais poderiam ser colocadas lado a lado. Bernard, por exemplo, tinha certeza de que não havia nenhuma direção, nenhum padrão, em questões ou destinos da humanidade, além dos impostos pelas próprias mentes humanas. June não podia aceitar isso; a vida tinha um propósito, e para o nosso próprio bem era preciso se abrir a ele. Também não adianta sugerir que as duas visões estão corretas. A meu ver, acreditar em tudo, não fazer escolhas, dá no mesmo que não acreditar em coisa alguma. Não sei ao certo se nossa civilização, nesta virada de milênio, sofre de um excesso ou de uma falta de crença, se são pessoas como Bernard ou June que causam problemas, ou pessoas como eu. Mas seria uma contradição com minha própria experiência deixar de declarar minha crença na possibilidade de o amor transformar e redimir uma vida. Dedico estas memórias à minha esposa, Jenny, e a Sally, minha sobrinha, que continua a sofrer as consequências de sua infância; que ela também encontre esse amor.

Ao me casar, adentrei uma família dividida, na qual os filhos, em nome da autopreservação, tinham até certo ponto dado as costas aos pais. Minha tendência a botar ovos em ninhos alheios, como o pássaro cuco, trouxe alguma infelicidade a Jenny e aos seus irmãos, pela qual peço desculpas. Tomei algumas liberdades, sendo a mais evidente de todas relatar em detalhes algumas conversas particulares, que nunca deveriam ter sido registradas. Todavia, foram tão raras as ocasiões em que anunciei aos outros, ou até a mim mesmo, que estava "a trabalho", que algumas indiscrições acabaram se tornando uma necessidade absoluta. Tenho esperanças de que o espírito de June e também o de Bernard — se alguma essência de sua consciência, contradizendo todas as suas convicções, ainda persistir — vão me perdoar.

Parte I
WILTSHIRE

A FOTOGRAFIA EMOLDURADA que June Tremaine mantinha ao lado da cama estava ali para que ela se recordasse, assim como para informar aos visitantes, da bela garota cujo rosto, ao contrário do rosto do marido, não dava nenhuma indicação da direção que haveria de tomar. O instantâneo é de 1946, um ou dois dias depois de seu casamento e uma semana antes de partirem para a Itália e a França em lua de mel. O casal está de braços dados junto às balaustradas perto da entrada do Museu Britânico. Talvez fosse horário de almoço, já que os dois trabalhavam ali perto, e só foram autorizados a deixar o emprego alguns dias antes de partirem. Eles se inclinam um na direção do outro, curiosamente preocupados em não serem cortados da fotografia. Sorriem para a câmera com uma alegria genuína. Bernard é inconfundível. Um metro e noventa, como sempre, mãos e pés descomunais, uma mandíbula absurda e amistosa, e orelhas de abano que o corte de cabelo pseudomilitar tornava ainda mais cômicas. Quarenta e três anos lhe causaram apenas os danos previsíveis, e de forma marginal — cabelo mais escasso, sobrancelhas mais espessas, pele mais áspera —, enquanto o homem essencial, a aparição espantosa, era em 1946 o mesmo gigante desajeitado e sorridente de 1989, quando me pediu que o levasse a Berlim.

O rosto de June, contudo, se desviou do rumo designado tanto quanto a sua vida, e é quase impossível enxergar naquele instantâneo o rosto envelhecido que se contorce em boas-vindas quando alguém adentra seu quarto. A mulher de vinte e cinco anos tem um rosto meigo e arredondado e um sorriso bem-disposto. O permanente de viagem é caprichado demais, empertigado demais, e não lhe cai nada bem. O sol de primavera ilumina as mechas que começam a se soltar. Ela veste uma jaqueta curta com ombreiras enormes, e uma saia plissada combinando — a extravagância tímida do tecido associada ao *New Look* do pós-guerra. A blusa branca tem um decote V escancarado que se afunila até chegar à linha que divide os seios. O colarinho está dobrado por cima da gola da jaqueta, para lhe dar aquela aparência jovial, de garota tipicamente inglesa, dos pôsteres que exibiam as *Land Girls*, jovens que faziam trabalho agrícola durante a Segunda Guerra. Desde 1938, pertencia ao Clube Socialista de Ciclismo de Amersham. Com um dos braços prende a bolsa ao lado do corpo, enquanto o outro está enlaçado com o braço do marido. June se apoia nele, a cabeça muito abaixo do ombro de Bernard.

A fotografia está agora na parede da cozinha de nossa casa no Languedoque. Já a estudei com atenção inúmeras vezes, quase sempre quando estou sozinho. Jenny, minha esposa, filha de June, suspeita da minha natureza predatória e se irrita com meu fascínio por seus pais. Dedicou bastante tempo a se ver livre deles, e tem razão ao sentir que meu interesse talvez a esteja arrastando de volta. Aproximo meu rosto, tentando enxergar a vida futura, o rosto futuro, a determinação que se seguiu a um ato singular de coragem. O sorriso jovial forçava uma ruga minúscula na testa lisa, diretamente bem acima do espaço entre as sobrancelhas. Anos mais tarde, ela se tornaria o traço dominante de um rosto amarrotado, um vinco profundo e vertical que lhe brotava do arco do nariz e dividia a testa. Talvez eu só esteja imaginando a dureza por trás do sorriso, enterrada nas linhas da mandíbula, uma firmeza, uma fixidez de opinião, um otimismo científico a respeito do futuro; a fotografia foi tirada na manhã em que June e Bernard se filiaram ao Partido Comunista da Grã-Bretanha, na sede da Gratton Street. Estão abandonando os empregos, livres para declararem suas afiliações, que oscilaram ao longo da guerra. Agora, quando muitos têm dúvidas por conta das hesitações do Partido — a guerra foi uma causa antifascista nobre e libertadora ou uma agressão predatória imperialista? — e alguns estão cancelando a filiação, June e

Bernard mergulharam de cabeça. Além de todas as suas esperanças de um mundo sensato e justo, livre da guerra e da opressão de classe, eles sentem que pertencer ao Partido os associa a tudo que é jovem, vigoroso, inteligente e ousado. Vão cruzar o Canal até o caos do norte da Europa, para onde foram desaconselhados a ir. Mas estão determinados a testar suas novas liberdades, tanto pessoais quanto geográficas. De Calais, seguirão para o sul em busca da primavera mediterrânea. O mundo é novo e está em paz, o fascismo foi a evidência irrefutável da crise terminal do capitalismo, a revolução benigna está bem próxima, e eles são jovens, recém-casados e se amam.

Bernard persistiu na afiliação, com muito sofrimento, até a invasão soviética da Hungria em 1956. Então compreendeu que deveria ter pedido o desligamento muito antes. Essa mudança de opinião representava uma lógica bem-documentada, uma história de desilusão compartilhada por toda uma geração. Mas June durou apenas alguns meses, até o confronto na lua de mel que dá título a estas memórias, e a alteração dela foi profunda, uma metempsicose delineada na transformação do seu rosto. Como um rosto redondo tinha ficado tão comprido? Teria sido mesmo a vida, em vez dos genes, o que causara aquele pequeno vinco acima das sobrancelhas, empurrado para cima pelo sorriso até se enraizar e produzir a árvore de rugas que subia até a risca do cabelo? Em idade avançada, os pais dela não tinham nada parecido. Ao fim da vida, quando ela estava instalada no asilo, era um rosto comparável ao de Auden idoso. Talvez anos de sol mediterrâneo tenham enrijecido e encarquilhado a pele, e anos de solidão e reflexão tenham distendido os traços, para em seguida dobrarem-nos sobre si mesmos. O nariz se alongou com o rosto, e também o queixo, que parecia ter mudado de ideia de repente e tentado voltar atrás crescendo para fora, perfazendo uma curva. Em repouso, seu rosto tinha uma aparência burilada, sepulcral; era uma estátua, uma máscara entalhada por um xamã para repelir o espírito maligno.

Nisso talvez houvesse alguma verdade simples. Talvez June tivesse aumentado o rosto para acomodar sua convicção de ter sido confrontada e posta à prova por uma forma simbólica de mal. "Não, seu idiota. Não tinha nada de simbólica!", escuto ela me corrigir. "Literal, anedótica, verdadeira. Fique sabendo que quase morri!"

Não sei se foi mesmo o caso, mas, em minhas lembranças, todas as poucas visitas que fiz a June no asilo durante a primavera e o verão de 1987 aconteceram em dias de chuva e vento forte. Talvez tenha havido apenas um dia do tipo, que acabou por encobrir todos os outros. Em cada visita, tenho a impressão de que eu adentrava o lugar — uma casa de campo de meados da era vitoriana — depois de correr desde o estacionamento, que ficava longe demais, ao lado dos antigos estábulos. Os castanheiros-da-índia rugiam e se sacudiam, a grama crescida estava amassada contra o solo, com o lado prateado para cima. Eu tinha coberto a cabeça com o paletó, e estava molhado e irritado com mais um verão decepcionante. Fiz uma pausa no saguão para recuperar o fôlego e acalmar o humor. Será que era mesmo só a chuva? Eu adorava ver June, mas aquele lugar me deprimia. Dava para sentir nos ossos o cansaço. Os painéis de imitação de carvalho me sufocavam por todos os lados, e o carpete, com seus padrões de espirais cinéticas em vermelho e amarelo bolorento, se erguia para atacar meus olhos e restringir minha respiração. O ar parado, aprisionado por um sistema de portas corta-fogo regulamentares, transportava em suspensão os aromas agregados de corpos, roupas, perfumes, frituras de café da manhã. A escassez de oxigênio me fazia bocejar; será que eu tinha energia para aquela visita? Eu poderia ter facilmente cruzado a recepção vazia e vagado pelos corredores até encontrar um quarto vago e uma cama arrumada. Deitaria entre os lençóis institucionais. As formalidades de admissão seriam concluídas mais tarde, depois que me acordassem para o jantar, trazido sobre um carrinho com rodas de borracha. Mais tarde, eu tomaria um sedativo e voltaria a cair no sono. Os anos passariam rápido...

Nesse instante, um delicado tremor de pânico me devolveu ao meu objetivo. Avancei até o balcão da recepção e bati na campainha com a palma da mão. Era outro toque de falsidade, essa antiga campainha de hotel. A atmosfera que se buscava era a de um refúgio bucólico; o efeito obtido, o de uma pousada abandonada, o tipo de estabelecimento onde o "bar" é um armário trancado na sala de jantar, aberto às sete da noite durante uma hora. E por trás dessas apresentações divergentes estava a própria realidade: era um asilo lucrativo, especializado — embora não tivessem a saudável ousadia de reconhecer o fato em seus folhetos — em cuidar de doentes terminais.

Uma complicação nas letras miúdas do contrato e a severidade surpreendente da seguradora impediram June de ir para o asilo que queria. Tudo em seu retorno à Inglaterra, alguns anos antes, tinha sido complicado e penoso. Houve o rumo tortuoso que tomamos até obter a confirmação final, com revogações da opinião de especialistas ao longo do caminho, de que ela sofria de uma doença incurável, uma forma relativamente rara de leucemia; o sofrimento de Bernard; o transporte dos bens de June da França e a triagem entre o que prestava e o que eram trastes indesejáveis; finanças, imóveis, acomodações; um embate legal com a seguradora, que teve de ser abandonada; uma série de dificuldades na venda do apartamento de Londres; longas viagens de carro para o norte em busca de tratamento com um sujeito idoso e obtuso cujas mãos supostamente tinham poder de cura. June o insultou, e essas mesmas mãos quase lhe esbofetearam. O primeiro ano do meu casamento foi completamente ofuscado por tudo isso. Jenny e eu, assim como seus irmãos e os amigos de Bernard e June, foram atraídos para o vórtice, um gasto furioso de energia nervosa que confundimos com eficiência. Só quando Jenny deu à luz nosso primeiro filho, Alexander, em 1983, nós — pelo menos Jenny e eu — recobramos a razão.

A recepcionista apareceu e me estendeu o livro de visitas para assinar. Cinco anos tinham se passado e June ainda estava viva. Poderia estar morando em seu apartamento na Tottenham

Court Road. Deveria ter ficado na França. Estava, como observou Bernard, levando o mesmo tempo para morrer que todos nós. Mas o apartamento tinha sido vendido, as providências haviam sido tomadas, e o espaço que ela criara à sua volta ao longo da vida tinha se fechado, preenchido por nossos valiosos esforços. Ela escolheu permanecer em um asilo em que tanto os funcionários quanto os internos moribundos se consolavam com revistas e programas de auditório e novelas na tevê reverberavam nas paredes reluzentes, desprovidas de quadros e livros, da sala de lazer. Nossas providências ensandecidas não passaram de uma fuga. Ninguém queria aceitar esse fato perturbador. Ninguém, exceto June. Depois de voltar da França, e antes de encontrarmos o asilo, ela foi morar com Bernard e se dedicou a escrever o livro que pretendia concluir. Sem dúvida também praticava as meditações descritas em seu popular panfleto "Dez meditações". Ficou satisfeita em deixar conosco todas as questões de ordem prática. Quando viu suas forças diminuírem bem mais devagar do que os médicos tinham previsto, ficou igualmente satisfeita em aceitar a Clínica de Repouso Chestnut Reach como uma responsabilidade de todo sua. Não tinha o menor desejo de sair dali e voltar ao mundo. Dizia que sua vida tinha se tornado mais simples e de modo bem útil, e que o isolamento em uma casa cheia de pessoas vendo televisão lhe caía bem, chegava até mesmo a ser benéfico. Além do mais, era seu destino.

Apesar do que Bernard tinha dito, agora, em 1987, ela estava esmorecendo. Ao longo do ano, tinha passado bem mais tempo dormindo durante o dia. Ainda que fingisse o contrário, escrevia apenas em seus cadernos, e ainda assim muito pouco. Tinha deixado de percorrer a trilha abandonada que cruzava a floresta até chegar ao vilarejo mais próximo. Estava com sessenta e sete anos. Aos quarenta, eu tinha acabado de chegar na fase em que começamos a diferenciar os estágios da idade avançada. Houve um tempo em que eu não veria nada de trágico em estar doente e morrendo com quase setenta anos, não era nada que valesse lutar contra, ou mesmo reclamar. Todos envelhecem,

todos morrem. Agora eu começava a perceber que nos apega-
mos à vida em cada uma das fases — aos quarenta, aos sessenta,
aos oitenta — até não termos mais forças, e que sessenta e sete
poderia ser cedo demais para chegar ao fim do jogo. June ainda
tinha coisas a fazer. Parecia bem para a idade quando estava no
sul da França — aquele rosto de Ilha da Páscoa sob o chapéu de
palha, a autoridade natural dos movimentos sem pressa enquanto cuidava da inspeção dos jardins nos inícios de noite, os
cochilos vespertinos em consonância com os hábitos locais.

Caminhando pelo carpete bilioso e espiralado que se estendia para além do saguão, cruzando a porta corta-fogo de vidro
e tela de arame, atravessando o corredor para cobrir todos os
centímetros disponíveis de espaço público, mais uma vez me
ocorreu o quanto eu lamentava o fato de June estar morrendo.
Eu era *contra* isso, não conseguia aceitar. Ela era minha mãe
adotiva, a mãe que meu amor por Jenny, as convenções matri-
moniais e o destino tinham me concedido, minha mãe substi-
tuta com trinta e dois anos de atraso.

Por mais de dois anos eu fizera sozinho minhas visitas pouco frequentes. Para Jenny e sua mãe, até mesmo vinte minutos
de conversa fiada ao lado da cama pareciam uma marcha forçada. Lentamente, demasiado lentamente, como ficaria claro,
surgiu de minhas conversas cheias de divagações com June a
possiblidade de um livro de memórias escrito por mim. A ideia
constrangia o resto da família. Um dos irmãos de Jenny tentou
me dissuadir da ideia. Eu era suspeito de querer ameaçar uma
trégua complicada ao desencavar rixas esquecidas. Os filhos
não conseguiam entender como um assunto tão cansativo e
familiar quanto as querelas entre seus pais podia exercer algum
fascínio. Nem precisavam ter se preocupado. Graças ao caráter
incontrolável da vida cotidiana, somente na penúltima visita
consegui fazer June falar sobre o passado de uma forma orga-
nizada, e desde o início tínhamos ideias bem diferentes sobre
qual deveria ser o verdadeiro assunto do meu relato.

Na sacola de compras que levei, junto com as lichias frescas
do mercado do Soho, tinta preta da Montblanc, o volume 1762-3

dos diários de Boswell, café brasileiro e meia dúzia de barras de chocolate caro, estava meu caderno. Ela não me deu permissão para usar um gravador. Suspeitei que ela quisesse se sentir livre para ser indelicada com Bernard, por quem sentia amor e irritação em igual medida. Ele costumava me telefonar quando sabia que eu tinha ido visitá-la. "Como anda o estado de espírito, meu rapaz?" O que significava que ele queria saber se ela tinha falado sobre ele, e em que termos. De minha parte, ficava aliviado por não ter em meu escritório caixas de fitas cheias de provas comprometedoras das indiscrições ocasionais de June. Por exemplo, bem antes da ideia de um livro de memórias se concretizar, certa vez ela me deixou chocado ao anunciar, de repente e em voz baixa, como se aquilo fosse uma chave para todas as imperfeições de Bernard, que ele "escolheu um pênis de tamanho pequeno". Não fiquei inclinado a interpretar isso de forma literal. Ela estava irritada com ele naquele dia, e, além disso, eu tinha certeza de que o pênis de Bernard era o único que ela tinha visto. Foram as palavras dela que chamaram a minha atenção, a sugestão de que a obstinação do marido o tinha impedido de encomendar alguma coisa mais volumosa de seus fornecedores costumeiros na Jermyn Street. Em um caderno, esse comentário podia ser codificado em abreviaturas. Em fita, teria sido a evidência clara de uma traição, que eu precisaria guardar em um armário trancado.

Como se quisesse enfatizar sua separação do que chamava de "os outros internos", o quarto de June ficava bem no final do corredor. Eu diminuía o ritmo ao me aproximar. Nunca conseguia acreditar que de fato a encontraria ali dentro, por trás de uma daquelas portas de compensado idênticas umas às outras. Ela pertencia ao lugar onde eu a tinha visto pela primeira vez, em sua casa, entre flores de lavanda e arbustos, à beira de um bosque. Bati de leve na porta com a unha, ela não gostaria que eu pensasse que ela estivesse dormindo. Preferia ser descoberta em meio aos livros. Bati um pouco mais forte. Ouvi movimentos, um murmúrio, molas de cama rangendo. Terceira batida. Uma pausa, um pigarro, outra pausa, e então ela me convidou a entrar. Ela estava se ajeitando na cama quando entrei. Sem me reconhecer, ficou me encarando boquiaberta. Seu cabelo estava desgrenhado. Estava voltando à tona de um sono sufocado pela doença. Pensei que talvez fosse melhor sair para que ela pudesse se recompor, mas já era tarde. Nos segundos que levei para me aproximar aos poucos e colocar minha sacola no chão, ela precisou reconstruir toda a sua existência, quem era e onde estava, como e por que tinha ido parar naquele quartinho de paredes brancas. Só depois disso podia começar a se lembrar de mim. Do outro lado da janela, ansioso por ajudar na tarefa, um castanheiro-da-índia acenava com seus ramos. Talvez tenha conseguido apenas deixá-la mais confusa, pois naquele dia ela estava levando mais tempo para voltar a si. Alguns livros e muitas folhas de papel em branco estavam espalhados sobre a cama. Ela organizou tudo bem devagar, procurando ganhar tempo.

"June, é o Jeremy. Desculpa, cheguei mais cedo do que imaginava."

De repente ela se lembrou de tudo, mas escondeu isso com um surto de rabugice bem pouco convincente. "Ora, mas claro que é você. Eu estava tentando me lembrar do que estava começando a escrever." Ela nem tentou caprichar no fingimento. Nós dois sabíamos que ela não estava segurando uma caneta.

"Quer que eu volte em dez minutos?"

"Não seja ridículo. Agora eu me esqueci de vez. Mas não valia nada, mesmo. Senta. O que você trouxe para mim? Se lembrou da tinta?" Enquanto eu pegava a cadeira, ela se permitiu o sorriso que até então segurara. O rosto foi se enrugando com a complexidade de uma impressão digital à medida que os lábios emitiram sobre as bochechas espirais de linhas paralelas que cercavam seus traços e se contorciam até chegar às têmporas. No centro da testa, o tronco principal da árvore de rugas se aprofundou até virar um sulco.

Tirei as compras da sacola e ela examinou uma por uma, sempre com um comentário jocoso ou alguma perguntinha que prescindia de resposta.

"Mas por que logo os suíços são tão bons em fazer chocolates? Por que ando sentindo tanta vontade de comer lichias? Você acha que posso estar grávida?"

Esses indícios do mundo exterior não a entristeciam. Sua exclusão dele era completa e, até onde eu percebia, sem arrependimento. Era um país que ela tinha abandonado para sempre, e pelo qual mantinha apenas um interesse terno e animado. Eu não conseguia entender como ela suportava abrir mão de tantas coisas e se conformar com o tédio do asilo; as verduras fervidas sem dó, os velhos temperamentais e estridentes, o modo voraz e impensado como assistiam à televisão. Depois de uma vida com tanta autossuficiência, eu estaria em pânico, ou planejando constantemente minha fuga. Todavia, sua aceitação, que era quase serena, a tornava uma companhia agradável. Eu não sentia culpa ao ir embora, nem mesmo em adiar uma visita. Ela tinha transplantado sua independência para os limites da cama, onde lia, escrevia, meditava, cochilava. Sua única exigência era ser levada a sério.

Em Chestnut Reach isso não era tão simples quanto parece, e ela levou meses para convencer enfermeiras e atendentes. Era um embate que, a meu ver, estava condenado ao fracasso; a condescendência é a base do poder dos cuidadores profissionais. June foi bem-sucedida porque nunca perdeu a cabeça ou se tornou a criança que esperavam que ela fosse. Ela mantinha a calma. Quando uma enfermeira entrava no quarto sem bater — vi isso acontecer uma vez —, cantarolando na primeira pessoa do plural, June encarava a moça nos olhos e irradiava um silêncio clemente. No início, ela ganhou a pecha de paciente difícil. Chegaram mesmo a considerar que Chestnut Reach não poderia ficar com ela. Jenny e seus irmãos vieram conversar com a diretora. June se negou a participar da conversa. Não tinha a menor intenção de se mudar. Sua convicção era imperativa, tranquila, fruto de anos refletindo sozinha com muita calma. Primeiro, ela converteu o médico. Assim que ele se deu conta de que não se tratava de mais uma velha caduca, começou a conversar com June sobre assuntos sem relação com a medicina — flores silvestres, pelas quais ambos eram apaixonados e nas quais ela era especialista. Sem demora, ele começou a lhe confidenciar problemas conjugais. A postura dos funcionários em relação a June se transformou — assim funciona a natureza hierárquica dos estabelecimentos médicos.

Considerei isso um triunfo da tática, do planejamento; ao esconder sua irritação, ela conquistou a vitória. Mas não era uma tática, ela me respondeu quando lhe dei os parabéns, era uma postura mental que ela tinha aprendido muitos anos antes com o *Tao Te Ching*, de Laozi. Era uma obra que ela me recomendava vez ou outra, embora sempre que eu folheava o livro acabava me irritando com a pretensão dos paradoxos; para atingir seu objetivo, caminhe na direção oposta. Nessa ocasião, June pegou o livro e leu em voz alta: "'O Caminho celestial sempre vence, ainda que nunca entre em disputas'".

"Bem o que eu esperava", respondi.

"Cale a boca. Escute. 'Quando dois lados empunham armas, vence o mais aflito.'"

"June, quanto mais você fala, menos eu entendo."

"Nada mal. Ainda vou fazer de você um sábio."

Ao ver que June estava satisfeita por eu ter trazido exatamente o que ela tinha pedido, guardei tudo, menos a tinta, que ela colocou no armário. A pesada caneta-tinteiro, o papel cartucho branco-acinzentado e a tinta preta eram as únicas lembranças visíveis de sua vida cotidiana pregressa. Todo o resto, suas iguarias de delicatéssen, suas roupas, tinham seus lugares especiais, fora do alcance da visão. Seu gabinete na *bergerie*, voltado para o oeste e com vista para o vale na direção de St. Privat, era cinco vezes maior do que aquele quarto, e mal acomodava seus livros e papéis; mais além, a cozinha enorme com *jambons de montagne* dependurados das vigas, garrafões de azeite de oliva sobre o chão de pedra e armários que às vezes guardavam ninhos de escorpiões; a sala de estar que ocupava todo o espaço do antigo celeiro onde, no passado, uma centena de aldeões se reunia ao final de uma caça aos javalis; seu quarto com cama de dossel e janelas de batente com vitrais, e os quartos de hóspedes ao longo dos quais, com o passar dos anos, suas coisas foram se esparramando; o cômodo em que ela prensava flores; a cabana com ferramentas de jardinagem no pomar de amendoeiras e oliveiras, e, perto dali, o galinheiro que parecia um pombal em miniatura — tudo isso condensado, reduzido a uma única estante de livros, uma cômoda com roupas que ela nunca usava, um baú cujo conteúdo ninguém podia ver e uma geladeira minúscula.

Enquanto eu desembalava as frutas para em seguida lavá-las na pia e colocá-las na geladeira junto com o chocolate e encontrava um lugar, *o* lugar, para o café, transmitia os recados de Jenny, o amor dos filhos. June perguntou sobre Bernard, mas eu não o tinha visto desde a última visita. Ela arrumou os cabelos com os dedos e dispôs os travesseiros ao seu redor. Quando voltei à cadeira ao lado da cama, me peguei olhando mais uma vez para a fotografia emoldurada sobre a mesinha de cabeceira. Eu também poderia ter me apaixonado por aquela beldade de rosto redondo com penteado elaborado, o sorriso encantador e vivaz lambiscando o bíceps do amado. O mais atraente era a inocência, não apenas da moça ou do casal, mas da própria época; até mesmo os ombros e a cabeça borrados de um passante de terno, fora de foco, tinham uma qualidade ingênua, alheia, assim como um sedã de faróis enormes estacionado em uma rua de um vazio pré-moderno. Que época inocente! Dezenas de milhões de mortos, a Europa em ruínas, os campos de extermínio como parte do noticiário e não como nossa referência universal para a depravação humana. É a fotografia em si que cria a ilusão de inocência. As ironias da narrativa congelada concedem a seus personagens uma aparente falta de consciência de que irão mudar ou morrer. São inocentes a respeito do futuro. Cinquenta anos mais tarde, olhamos para eles com a consciência divina do que vieram a se tornar no fim das contas — com quem se casaram, quando morreram —, sem pensar em quem, algum dia, terá fotos nossas nas mãos.

June acompanhava meu olhar. Eu me senti constrangido, fraudulento, ao pegar o caderno e a esferográfica. Tínhamos

33

combinado que eu escreveria sobre sua vida. Com razão ela imaginou uma biografia, e minha intenção original mesmo era essa. Mas assim que comecei, as coisas foram tomando outra forma; não uma biografia, nem mesmo um livro de memórias, mas, acima de tudo, um devaneio; ela estaria no centro de tudo, mas aquilo não seria apenas sobre ela.

Na última vez, o retrato tinha sido um bom ponto de partida. June me observava, aguardando que começássemos, enquanto eu olhava para a foto. Seu cotovelo estava apoiado quase na cintura, e o indicador, sobre a longa curva do queixo. A pergunta que eu realmente queria fazer era a seguinte: Como você passou daquele rosto para esse, como acabou ficando com essa aparência tão extraordinária? — foi a vida? Nossa, como você mudou!

Ao invés disso, falei, sem tirar os olhos da fotografia: "A vida de Bernard parece ter sido uma progressão constante, construída sobre o que ele já tinha, enquanto a sua parece ter sido uma longa transformação...".

Infelizmente, June entendeu que era uma pergunta sobre Bernard. "Sabe sobre o que ele queria conversar quando veio me visitar no mês passado? Eurocomunismo! Tinha se encontrado com uma delegação italiana na semana anterior. Vilões gordos de terno se banqueteando às custas dos outros. Ele disse que estava se sentindo otimista!" Ela indicou a fotografia com a cabeça. "Jeremy, ele estava realmente empolgado! Como estávamos naquela época. É muita bondade sua falar em progresso. Estase, eu diria. Estagnação."

June sabia que isso era impreciso. Bernard tinha deixado o Partido havia anos, havia sido parlamentar trabalhista, era um homem do *establishment*, membro de sua ala mais à esquerda, com experiência em comitês governamentais sobre teledifusão, meio ambiente, pornografia. Na verdade, a objeção de June era ao racionalismo de Bernard. Mas eu não queria entrar nesse assunto naquele momento. Queria uma resposta para minha pergunta, a que eu não tinha feito em voz alta. Fingi concordar.

"Sim, é difícil imaginar você se empolgando com algo do tipo hoje em dia."

Ela inclinou a cabeça para trás e fechou os olhos, a pose que usava para se aprofundar em algo. Já tínhamos entrado nesse assunto mais de uma vez: como e por que June tinha mudado de vida. Em cada ocasião a resposta era um pouco diferente.

"Estamos prontos? Passei todo o verão de 1938 com uma família na França, bem perto de Dijon. Acredite se quiser, mas estavam no ramo da mostarda. Eles me ensinaram a cozinhar, e que não existe lugar melhor do que a França neste planeta, uma convicção juvenil que jamais consegui alterar. Quando voltei, era meu aniversário de dezoito anos, e ganhei de presente uma bicicleta, novinha, uma beleza. Como os clubes de ciclismo ainda estavam na moda, me inscrevi em um deles, o Clube de Ciclismo Socialista de Amersham. Talvez a intenção fosse chocar meus pais conservadores, embora não me lembre de qualquer reclamação. Nos finais de semana, uns vinte de nós preparávamos cestas de piquenique e saíamos pedalando pelas trilhas das Chilterns, ou descíamos as escarpas rumo a Thame e Oxford. Nosso clube tinha ligações com outros clubes, e alguns deles eram afiliados ao Partido Comunista. Não sei se havia um plano, uma conspiração, alguém deveria fazer uma pesquisa sobre isso. É bem provável que tenha sido uma consequência informal esses clubes terem virado base de recrutamento para novos membros do partido. Ninguém jamais tentou me doutrinar. Ninguém ficava no meu pé. Eu só me vi em meio a pessoas das quais gostava, animadas e inteligentes, e você pode imaginar as conversas — o que estava errado na Inglaterra, as injustiças e o sofrimento, como isso poderia ser corrigido, e como essas coisas estavam sendo resolvidas na União Soviética. O que Stálin andava fazendo, o que Lênin tinha falado, o que Marx e Engels tinham escrito. E as fofocas. Quem estava no Partido, quem tinha estado em Moscou, como era fazer parte, quem estava pensando em entrar, essas coisas.

"Isso tudo, essas conversas e as risadas aconteciam enquanto pedalávamos nossas bicicletas pelo campo, ou quando nos sentávamos com nossos sanduíches naquelas colinas adoráveis, ou quando parávamos em jardins de *pubs* de vilarejos para tomar cerveja com limonada. Desde o início, o Partido e tudo que ele representava, toda aquela lenga-lenga sobre a propriedade comum dos meios de produção, a herança histórica e científica do proletariado, a decadência gradual de sei lá o quê, toda essa patacoada estava associada, na minha mente, com bosques de faia, milharais, luz do sol e descer à toda velocidade aquelas colinas, aqueles caminhos que viravam túneis no verão. O comunismo e minha paixão pelo campo, assim como meu interesse por alguns belos rapazes de calças curtas — tudo se misturava, e, sim, eu me empolguei bastante."

Enquanto escrevia, me perguntei, sem a menor generosidade, se estava sendo usado — como um conduto, um meio para o ajuste final que June queria fazer em sua vida. Pensar nisso me deixou menos desconfortável com a ideia de não escrever a biografia que ela desejava.

June seguiu em frente. Tinha preparado aquilo muito bem.

"Isso foi o começo. Oito anos mais tarde, eu finalmente me filiei ao Partido. E isso foi o fim, o começo do fim."

"O dólmen."

"Exato."

Estávamos prestes a dar um salto de oito anos, de 1938 a 1946, pulando a guerra inteira. Essas conversas eram assim.

Voltando pela França em 1946, quase no fim da lua de mel, Bernard e June fizeram uma longa caminhada no Languedoque por um platô de calcário seco chamado Causse de Larzac. Toparam com uma antiga sepultura conhecida como Dolmen de la Prunarède, a poucos quilômetros de distância do vilarejo onde planejavam passar a noite. O dólmen fica sobre uma colina, quase à beira do desfiladeiro do rio Vis, e o casal ficou sentado ali por umas duas horas no começo da noite, voltados para o norte, na direção das montanhas Cévennes, conversando sobre o futuro. Depois disso, todos fomos para lá em diversos momentos. Em 1971, Jenny teve um namorico com um rapaz da região, desertor do exército francês. Fizemos um piquenique por ali

36

com Bernard e nossos bebês na metade da década de oitenta. Jenny e eu fomos até lá uma vez para resolver um problema conjugal. Também é um ótimo lugar para se ficar sozinho. Virou um local familiar. Quase sempre, um dólmen consiste em uma laje horizontal de rocha desgastada pelas intempéries apoiada sobre duas outras, formando uma mesa baixa de pedra. Existem muitos deles nos Causses, mas somente um é "o dólmen".

"Sobre o que vocês conversaram?"

June agitou uma das mãos, rabugenta. "Não me interrogue. Eu estava pensando numa coisa, tentando fazer uma conexão. Ah, sim, lembrei. O importante sobre o clube de ciclismo era que o comunismo e meu amor pelo campo eram inseparáveis — imagino que tudo fazia parte dos sentimentos românticos e idealistas comuns à idade. E ali estava eu na França, em outra paisagem, muito mais bonita à sua maneira que as Chilterns, mais grandiosa, mais selvagem, até mesmo um pouco assustadora. E eu estava com o homem que amava, os dois tagarelando empolgados sobre como ajudaríamos a mudar o mundo, e estávamos voltando para casa para começar nossa vida em comum. Lembro até de pensar comigo mesma: nunca fui tão feliz na vida. É isso que eu quero!

"Mas sabe, tinha algo errado, uma sombra. Estávamos ali sentados, o sol se pondo com uma luz gloriosa, e pensei: Mas não quero voltar para casa, prefiro ficar aqui. Quanto mais eu olhava para além do desfiladeiro, para além do Causse des Blandas, na direção das montanhas, mais eu me dava conta do óbvio — de que, em contraste com a antiguidade, a beleza e o poder daquelas rochas, a política era um questão insignificante. A humanidade era um evento recente. O universo era indiferente ao destino do proletariado! Senti medo. Tinha me apegado à política ao longo de toda a minha curta vida adulta — ela me concedeu amigos, um marido, ideias. Ansiava por voltar à Inglaterra, e ali estava repetindo para mim mesma que preferia continuar ali, no desconforto daquela paisagem inóspita.

"Bernard continuava falando, e eu sem dúvida fazia meus comentários. Mas estava confusa. Talvez eu não estivesse à altura de nada daquilo, fosse a política ou a natureza. Talvez eu precisasse mesmo de uma bela casa e de um bebê para cuidar. Estava muito confusa."

"Então vocês..."

"Ainda não terminei. Tinha algo mais. Mesmo com esses pensamentos inquietantes, eu *estava* feliz no dólmen. Tudo que eu queria era ficar sentada, em silêncio, assistindo às montanhas se avermelharem, respirando aquele ar noturno sedoso, e saber que Bernard estava fazendo a mesma coisa, sentindo a mesma coisa. E eis outro problema. Nada de imobilidade, nada de silêncio. Estávamos matraqueando sem parar sobre — vai saber — as traições dos socialdemocratas reformistas, a situação dos pobres nas cidades — gente que não conhecíamos, gente que naquele momento não poderíamos ajudar. Nossas vidas tinham nos conduzido até aquele momento supremo — um local sagrado com mais de cinco mil anos de idade, nosso amor um pelo outro, a luz, o vasto espaço à nossa frente — e ainda assim éramos incapazes de perceber, de assimilar aquilo. Não conseguíamos nos libertar para viver o presente. Em vez disso, queríamos pensar em libertar os outros. Pensar na infelicidade deles. Usávamos a desgraça alheia para mascarar a nossa. E a nossa desgraça era nossa inabilidade em acatar as coisas simples e boas que a vida nos oferecia, e sentir gratidão por isso. A política, a política idealista, só se interessa pelo futuro. Levei a vida toda descobrindo que no momento em que adentramos o presente por completo, descobrimos um espaço infinito, um tempo infinito, pode chamar de Deus se preferir..."

June perdeu o fio da meada e se calou. Não era de Deus que queria falar, mas de Bernard. Lembrou-se disso.

"Para Bernard, prestar atenção no presente é comodismo. Mas isso é uma bobagem. Será que alguma vez ele se sentou em silêncio e pensou na sua vida, ou no efeito que sua vida teve na da Jenny? Ou no motivo de ele ser incapaz de viver sozinho e precisar dessa mulher, dessa 'governanta', para cuidar dele? Ele é completamente invisível para si mesmo. Conhece fatos e cifras, o telefone toca o dia inteiro, ele vive correndo de um lado para outro a fim de fazer um discurso, de participar de um debate ou coisa que o valha. Mas nunca reflete. Nunca se permitiu um mísero segundo para se maravilhar com a beleza da criação. Ele odeia o silêncio, então não sabe de nada. Estou respondendo sua pergunta: como alguém tão requisitado pode estar em estagnação? Deslizando pela superfície, papagaiando o dia inteiro sobre como seriam as coisas se fossem mais bem organizadas, e sem aprender nada de essencial, essa é a resposta."

June se recostou nos travesseiros, exausta. O rosto comprido se voltou para o teto. A respiração ficou mais profunda. Tínhamos conversado algumas vezes sobre aquele fim de tarde no dólmen, quase sempre como um prelúdio para o confronto importante do dia seguinte. Ela estava com raiva, e saber que eu conseguia perceber isso a deixava ainda mais irritada. Aos poucos, tinha perdido o controle. Sabia que sua descrição da vida de Bernard — as aparições na tevê, os debates radiofônicos, o homem público — estava defasada em dez anos. Quase não se ouvia mais falar de Bernard Tremaine. Ele ficava em casa, sossegado, escrevendo seu livro. Os únicos que telefonavam eram a família e alguns poucos velhos amigos. Uma mulher que morava no mesmo prédio aparecia por três horas diárias para limpar e cozinhar. O ciúme que June sentia era doloroso de ver. As ideias que tinham norteado sua vida eram as mesmas pelas quais ela media sua distância de Bernard, e se essas ideias eram movidas por uma busca da verdade, então parte dessa verdade era uma amargura, uma decepção com o amor. As imprecisões e exageros eram reveladores demais.

Senti vontade de dizer algo que a fizesse entender que nada daquilo me chocava ou causava repulsa. Ao contrário, June me inspirava afeto. Eu encontrava consolo em sua agitação, em saber que os relacionamentos, os laços, o coração ainda importavam, que a antiga vida e os antigos problemas seguiam adiante, e que, perto do fim, não havia apenas um sentimento de retrospectiva, ou um distanciamento frio e sepulcral.

Eu me ofereci para preparar um chá e ela aceitou levantando um dos dedos apoiados sobre o lençol. Caminhei até a pia para colocar água na chaleira. Do lado de fora, a chuva tinha parado, mas o vento ainda soprava, e uma mulher miúda com um cardigã azul-claro atravessava o gramado com a ajuda de um andador. Uma rajada mais forte a teria levado embora. Ela alcançou um canteiro de flores encostado em um muro e se ajoelhou diante do andador, como se fosse um altar portátil. Ao colocar os dois joelhos na grama, afastou o andador para o lado e tirou de um bolso do cardigã uma colher de chá, e do outro, um punhado de bulbos. Começou a cavar buracos e a plantar os bulbos. Alguns anos antes disso eu não teria visto o menor sentido em plantar alguma coisa naquela idade, teria assistido à cena e a interpretado como um exemplo de futilidade. Mas naquele momento, eu só observava.

Levei as xícaras até a cama. June se sentou e bebericou o chá escaldante sem emitir som algum, da maneira como, ela me contou certa vez, tinha sido ensinada por uma professora de etiqueta na escola. Perdida em pensamentos, claramente não estava pronta para voltar a falar. Fiquei encarando minha página de anotações, corrigindo alguns símbolos para tornar as formas abreviadas mais legíveis. Então decidi que visitaria o dólmen na próxima vez em que estivesse na França. Eu podia ir a pé, saindo da *bergerie*, subindo pelo Pas de l'Azé até o Causse e caminhando rumo ao norte por umas três ou quatro horas — a paisagem é extraordinária na primavera, quando as flores do campo desabrocham e campos inteiros se cobrem de orquídeas. Ficaria sentado naquela pedra, contemplando mais uma vez a vista e pensando na minha personagem.

As pálpebras de June estremeciam, e no tempo que levei para resgatar a xícara e o pires de sua mão descaída e colocá-los sobre a mesinha de cabeceira ela pegou no sono. Esses cochilos súbitos, ela insistia, não se deviam à exaustão. Eram parte de seu problema, uma disfunção neurológica que causava um desequilíbrio na secreção de dopamina. Ao que parecia, esses estados narcolépticos eram entorpecedores e irresistíveis. Era como ter um cobertor colocado sobre o rosto, ela me contou, mas quando mencionei o assunto para o médico de June ele me encarou e sacudiu a cabeça de modo quase imperceptível, uma negação que também me sugeria que eu entrasse no jogo. "Ela está doente", ele disse, "e cansada."

Sua respiração tinha se tornado ofegante e superficial, a árvore de rugas na testa ficou mais marcada, menos complexa, como se o inverno a tivesse despojado de suas folhas. A xícara vazia encobria em parte a foto. Que transformações! Eu ainda era jovem o suficiente para ficar espantado. Ali, na moldura, a pele sem qualquer inscrição, a cabeça bonita e redonda aninhada no braço de Bernard. Só os conheci em idade mais avançada, mas sentia algo como uma nostalgia pelo tempo breve e distante em que Bernard e June estiveram juntos, com amor e sem complicações. Antes da queda. Isso também contribuía para a inocência da foto — a ignorância de ambos a respeito de como e por quanto tempo seriam dependentes um do outro, irritando-se mutuamente. June devido ao medonho empobrecimento espiritual de Bernard, à sua "ausência fundamental de seriedade", à sua racionalidade tacanha e à sua insistência arrogante, "contra todas as evidências acumuladas", na crença de que uma engenharia social sensata livraria a humanidade de seus sofrimentos, de sua capacidade de ser cruel; e Bernard por June ter traído sua consciência social, por seu "fatalismo autodefensivo" e sua "credulidade sem limites" — como ele tinha se magoado com a crescente lista de certezas de June: unicórnios, espíritos silvestres, anjos, médiuns, autocura, o inconsciente coletivo, o "Cristo interior".

Certa vez pedi que Bernard falasse de seu primeiro encontro com June, durante a guerra. O que o tinha atraído nela? Ele não se lembrava de um primeiro encontro. Foi aos poucos tomando consciência, durante os primeiros meses de 1944, de que uma moça aparecia em seu escritório no Senado da Universidade de Londres uma ou duas vezes por semana para entregar documentos traduzidos do francês e buscar mais trabalho. No escritório de Bernard, todos sabiam ler em francês, e o nível do material era básico. Como ele não entendia a necessidade daquela moça ali, não a enxergava. Ela não existia. Então ele ouviu alguém comentando que ela era bonita, e na ocasião seguinte olhou para ela com mais atenção. Começou a ficar decepcionado nos dias em que ela não aparecia, e virava um bobo alegre na presença dela. Quando enfim travou com ela uma conversa-fiada qualquer, hesitante, descobriu que era uma companhia agradável. Bernard tinha partido do pressuposto de que uma mulher bonita não teria grande interesse em conversar com um homem desengonçado e orelhudo. Mas ela parecia gostar dele. Almoçaram juntos no café Joe Lyons, na Strand, onde ele disfarçou o nervosismo falando alto sobre socialismo e insetos — era quase um entomologista amador. Mais tarde, deixou os colegas atônitos quando a convenceu a ir ver um filme com ele — não, ele não lembrava qual o filme — certa noite, num cinema de Haymarket onde ele encontrou coragem para beijá-la — primeiro no dorso da mão, como se estivesse parodiando um romance antiquado, depois no rosto, e então nos lábios, uma progressão acelerada e vertiginosa, a coisa toda, do papo-furado aos primeiros beijos castos, levou menos de quatro semanas.

O relato de June: seu trabalho como intérprete e tradutora ocasional de documentos oficiais em francês a levou em uma tarde tediosa a um corredor no Senado. Ela passou pela porta aberta de um gabinete ao lado daquele ao qual se dirigia e viu um rapaz alto e magro com um rosto estranho esparramado de qualquer jeito sobre uma cadeira de madeira, com os pés em cima da mesa, concentrado no que parecia ser um livro muito sério. Ele ergueu os olhos, deu uma olhada nela por um instante e voltou à leitura, já alheio a ela. Ela se demorou o máximo que conseguiu sem parecer mal-educada — uma questão de segundos — e o comeu com os olhos enquanto fingia consultar a pasta que trazia nas mãos. Até então, June tinha precisado superar uma aversão indefinida até conseguir gostar dos rapazes com quem tinha saído. Por aquele, tinha sentido uma atração imediata. Era "seu tipo" — agora ela entendia no íntimo essa expressão irritante. Ele era inteligente, isso era óbvio —

todos eram, naquele escritório —, e ela apreciava a qualidade indefesa e desajeitada de seu tamanho, e o rosto grande e generoso, e o desafio no fato de ele ter olhado para ela sem ter lhe dado a menor atenção. Raríssimos homens faziam isso.

June arranjou pretextos para visitar a sala em que ele trabalhava. Entregava itens que deveriam ter ficado a cargo de outras moças do escritório. Para alongar suas visitas, e porque Bernard não olhava em sua direção, ela se viu forçada a flertar com um dos colegas dele, um sujeito triste de Yorkshire com espinhas e uma voz aguda. Certa vez, esbarrou na mesa de Bernard para derramar seu chá. Ele franziu o cenho e secou a poça de chá com o lenço sem ao menos interromper a leitura. June lhe trouxe pacotes destinados a outros lugares. Com educação, ele a corrigiu. O rapaz de Yorkshire escreveu uma atormentada declaração de solidão. Não esperava que ela se casasse com ele, afirmou, ainda que não descartasse a ideia. Mas tinha esperança de que eles se tornassem amigos muito íntimos, como se fossem irmãos. Ela percebeu que teria de agir rápido.

O dia em que ela juntou coragem e adentrou o escritório a passos largos, determinada a fazer Bernard levá-la para almoçar, foi também o dia em que ele escolheu dar sua primeira boa olhada nela. Seu olhar foi tão descarado, tão sinceramente predatório, que ela vacilou a caminho da mesa. Em um canto, seu aspirante a irmão sorria com todos os dentes e começava a se levantar. June largou seu pacote e correu. Mas agora sabia que aquele homem era seu; agora, sempre que ela entrava no escritório, a mandíbula enorme de Bernard se bamboleava enquanto ele tentava pensar em algum assunto para conversar. O almoço no Joe Lyons só precisou de uma ligeira insinuação.

Acho estranho que eles nunca tenham comparado as lembranças desses primeiros dias. June, sem dúvida, teria apreciado as diferenças. Eles teriam confirmado seus preconceitos tardios; Bernard, sem a menor ponderação, ignorante das correntes sutis que compunham a realidade que insistia em compreender e controlar. Ainda assim, resisti a comunicar a história de Bernard a June, ou a de June a Bernard. Manter os relatos confiden-

43

cialmente separados foi uma decisão minha, não deles. Nenhum dos dois conseguia acreditar nisso, e em nossas conversas eu percebia que era usado como um portador de mensagens e impressões. June queria que eu repreendesse Bernard no lugar dela — e por nada menos que sua visão de mundo, sua vida agitada de debates radiofônicos e sua governanta. Bernard queria que eu transmitisse a June não apenas a ilusão de que ele estava perfeitamente intacto sem a esposa, mas também o afeto que sentia por ela, a despeito da óbvia loucura, poupando-lhe assim mais uma visita apavorante, ou preparando o terreno para a próxima. Ao me ver, cada um tentava pescar informações me seduzindo, tentando me fazer falar mais do que deveria, em geral com afirmações duvidosas mal disfarçadas de perguntas. Assim, Bernard: eles ainda a mantêm sedada? Ela não para de falar de mim? Você acha que ela vai me odiar para sempre? E June: ele ficou falando da sra. Briggs (a governanta)? Ele já desistiu dos planos de suicídio?

Eu respondia com evasivas. Nada do que eu dissesse poderia satisfazê-los, e, além disso, os dois podiam conversar por telefone ou mesmo ao vivo a qualquer momento. Como amantes jovens, de um orgulho absurdo, eles se continham, acreditando que o primeiro a ligar estaria revelando uma fraqueza, uma dependência emocional digna de desprezo.

June acordou de um cochilo de cinco minutos e topou com um homem de calvície incipiente e expressão severa sentado ao lado da cama, com um caderno na mão. Onde ela estava? Quem era aquela pessoa? O que ele queria? A surpresa crescente e o pânico em seus olhos ficaram claros para mim, sufocando minhas reações de modo que demorei a encontrar as palavras certas para tranquilizá-la, e quando enfim consegui, me atrapalhei. Mas antes mesmo que eu parasse de falar ela já tinha recuperado as linhas de causalidade, estava de novo em poder de sua história, e tinha se lembrado de que seu genro tinha vindo fazer o registro.

Pigarreou. "Onde parei?" Ambos sabíamos que ela tinha dado uma espiada no abismo, um poço de ausência de sentido em que tudo era desprovido de nomes e relações, e isso a tinha assustado. Tinha assustado a nós dois. Não podíamos mencionar isso, ou melhor, eu não podia até que ela o fizesse.

Àquela altura ela sabia onde estava, assim como sabia o próximo passo. Mas no breve drama psíquico que marcou seu despertar, eu me preparei para resistir ao inevitável lembrete — "o dia seguinte". Eu queria conduzi-la em outro sentido. Já tínhamos falado do "dia seguinte" meia dúzia de vezes. Eram tradições familiares, uma história burilada pela repetição, menos lembrada do que recitada como uma oração que se sabe de cor. Eu tinha ouvido aquilo na Polônia, anos antes, quando conheci Jenny. Tinha ouvido aquilo muitas vezes de Bernard, que não foi, no sentido mais estrito, uma testemunha. Aquilo tinha sido reencenado em Natais e outras reuniões de família. Na opinião de June, deveria ser o ponto central do meu livro de memórias, assim como o era na sua história de vida — o momento decisivo, a experiência que mudou seu rumo, a verdade revelada sob cuja luz todas as conclusões anteriores deveriam ser repensadas. Uma história cuja precisão histórica tinha menos significado do que a função que operava. Era um mito, tornado ainda mais poderoso por se sustentar como documentário. June tinha se convencido de que "o dia seguinte" explicava tudo — por que ela abandonou o Partido, por que ela e Bernard caíram em um desacordo que durou a vida inteira, por que ela reconsiderou seu racionalismo, seu materialismo, como ela veio a levar a vida que levou, onde tinha vivido essa vida, o que ela pensava.

Como alguém estranho à família, eu ficava ao mesmo tempo encantado e cético. Divisores de águas são invenções de contadores de histórias e dramaturgos, um mecanismo necessário quando uma vida é reduzida a ou traduzida em um enredo, quando uma moralidade precisa ser destilada a partir de uma sequência de ações, quando um público precisa voltar para casa com algo inesquecível para marcar o amadurecimento de um personagem. Ver a luz, o momento da verdade, o divisor de águas, será que não pegamos tudo isso emprestado de Hollywood ou da Bíblia para dar um sentido retroativo a uma memória sobrecarregada? Os "cães negros" de June. Sentado ali ao lado da cama, com o caderno no colo, privilegiado por um vislumbre de seu vazio, compartilhando da vertigem, achei esses animais quase inexistentes reconfortantes em demasia. Outro ensaio daquela famosa história teria proporcionado uma segurança excessiva.

June parecia ter escorregado na cama enquanto cochilava. Fez um esforço para se sentar com as costas eretas, mas seus pulsos estavam fracos demais e suas mãos não encontraram tração nos lençóis. Comecei a me levantar para ajudá-la, mas ela me dispensou com um barulho, um rosnado, e virou de lado para ficar de frente para mim e encostou a cabeça no canto dobrado de um travesseiro.

Comecei aos poucos. Será que estava sendo malicioso? Essa possibilidade me incomodou, mas eu já tinha começado. "Não acha que o mundo deveria ser capaz de acomodar tanto o seu modo de ver as coisas quanto o de Bernard? Será que não é positivo que alguns façam uma viagem interior enquanto outros se ocupam em melhorar o mundo? Não é a diversidade que faz uma civilização?"

Essa última pergunta retórica foi a gota d'água para June. O cenho franzido da atenção neutra desapareceu entre as gargalhadas. Ela não conseguia mais ficar deitada. Tentou com esforço se sentar na cama, dessa vez com sucesso, enquanto falava comigo com o fôlego entrecortado.

"Jeremy, você é um querido, mas não me venha com essas bobagens. Você se esforça demais para ser decente e fazer com que todos gostem de você e uns dos outros... Olha só!"

Enfim estava sentada. As mãos curtidas pela jardinagem pousavam enganchadas sobre o lençol, e ela me encarou com uma alegria contida. Ou com uma piedade maternal. "Então por que o mundo *não* melhorou? Com tudo isso de saúde pública gratuita, salários cada vez maiores e tantos carros, televisores e escovas de dente elétricas nas residências. Por que as pessoas não estão satisfeitas? Não falta alguma coisa nessas melhorias?"

Como ela estava zombando de mim, me senti livre. Meu tom foi um pouco rude. "Então o mundo moderno é um deserto espiritual? Mesmo que esse clichê seja verdadeiro, o que me diz de você, June? Por que você não é feliz? Toda vez que apareço aqui você demonstra toda a amargura que ainda sente por Bernard. Por que não deixa isso de lado? De que importa agora? Largue mão disso. O fato de você não ter feito isso, ou não poder fazer isso, não depõe a favor dos seus métodos."

Será que eu tinha ido longe demais? Enquanto eu falava, June olhava fixamente para a janela do outro lado do cômodo. O silêncio foi interrompido por sua inspiração demorada; e então veio um silêncio ainda maior, seguido por uma expiração ruidosa. Ela me encarou nos olhos.

"É verdade. Claro que é verdade…" Ela fez uma pausa antes de se decidir a continuar. "Tudo que fiz de algum valor, precisei fazer sozinha. Na época, eu não me importava. Estava satisfeita — e, por sinal, eu não tenho expectativas de ser feliz. A felicidade é uma coisa ocasional, um relâmpago de calor. Mas encontrei paz de espírito, e ao longo de todos esses anos eu pensava estar bem sozinha. Tinha minha família, meus amigos, minhas visitas. Ficava contente quando apareciam, e ficava contente quando do iam embora. Mas agora…"

Minha provocação tinha feito June sair da reminiscência para a confissão. Abri o caderno em uma página nova.

"Quando fiquei sabendo da gravidade da minha doença e vim para cá a fim de me isolar pela última vez, a solidão começou a parecer meu maior e único fracasso. Um erro imenso. Construir uma boa vida, qual o sentido de fazer isso sozinha? Quando relembro aqueles anos na França, às vezes sinto um vento frio soprando em meu rosto. Bernard me acha uma ocultista boba e eu acho que ele é um comissário sorrateiro que nos denunciaria a todos se isso fosse garantir um paraíso material na terra — essa é a história da família, a piada da família. A verdade é que nós nos amamos, nunca deixamos de nos amar, somos obcecados. E fracassamos em fazer algo com isso. Não conseguimos construir uma vida. Não conseguimos desistir do amor, mas não nos curvamos ao seu poder. O problema é bem fácil de descrever, mas na época nunca fizemos isso. Nunca dissemos, olha só, é assim que nos sentimos, vamos fazer o que com isso? Não, foi sempre confusão, discussões, tratos sobre as crianças, caos cotidiano e separação crescente e países diversos. Encontrei a paz me desligando de tudo. Se sou amarga, é porque nunca me perdoei. Se eu tivesse aprendido a levitar a trinta metros de altura, isso não teria compensado o fato de eu nunca ter aprendido a conversar com Bernard, ou a estar com ele. Sempre que reclamo de algum distúrbio social recente no jornal, preciso me lembrar — por que eu deveria esperar que milhões de estranhos com interesses conflitantes se deem bem quando eu não consegui criar uma simples sociedade com o pai dos meus filhos, o homem que amei e com quem continuei casada? E tem mais. Não paro de cutucar Bernard porque você está aqui, e sei que você o encontra de vez em quando e — eu não deveria dizer isso — você me faz lembrar dele. Não tem as mesmas ambições políticas, graças a Deus, mas vocês dois têm uma secura e um distanciamento que me irrita e me atrai. E..."

June reprimiu o pensamento e voltou a se afundar nos travesseiros. Como era de esperar que eu me considerasse elogiado, me senti obrigado, por certo grau de polidez, certa exigência formal, a aceitar o que me fora oferecido. Em sua confissão havia uma palavra à qual eu queria retornar o quanto antes. Mas, primeiro, as delicadezas rituais.

"Espero que minhas visitas não sejam um incômodo, então."

"Eu gosto quando você vem."

"E você vai me avisar quando achar que estou sendo pessoal demais."

"Pode me perguntar o que quiser."

"Não quero ser invasivo..."

"Estou dizendo que pode me perguntar o que quiser. Se eu não quiser responder, não respondo."

Permissão concedida. Tive a impressão de que ela, velha raposa astuta, sabia onde minha atenção tinha se agarrado. Estava à minha espera.

"Você disse que você e Bernard eram... obcecados um pelo outro. Isso significa, bem, fisicamente...?"

"Você é um membro típico da sua geração, Jeremy. E ficando velho o bastante para começar a sentir vergonha disso. Sim, sexo, estou falando de sexo."

Eu nunca a tinha ouvido usar a palavra. Com sua voz de radialista da BBC dos tempos de guerra, ela sufocava ostensivamente as vogais, fazendo a palavra soar apertada. Soava grosseira, quase obscena, em seus lábios. Seria porque ela tinha de se forçar para pronunciá-la, e então precisava repeti-la para superar a aversão? Ou será que estava certa? Será que eu, um homem dos anos sessenta, ainda que desde sempre fastidioso, estava começando a me engasgar com o banquete?

June e Bernard, obcecados sexualmente. Como eu só os tinha conhecido já idosos e hostis, senti vontade de dizer a ela que aquilo me parecia, como uma criança se deparando com a ideia blasfema da rainha usando o banheiro, difícil de imaginar.

Mas, em vez disso, falei: "Acho que entendo".

"Acho que não", ela respondeu, satisfeita com a própria certeza. "Você não faz ideia de como eram as coisas naquela época."

Ainda enquanto ela falava, imagens e impressões despencavam pelo espaço como Alice, ou como os detritos que ela ultrapassa caindo por um cone do tempo cada vez mais largo: cheiro de poeira de escritório; paredes de corredores pintadas de creme com detalhes em marrom brilhante; itens cotidianos, de máquinas de escrever a carros, bem-feitos, pesados, pintados de preto; quartos sem calefação, senhorias desconfiadas; jovens de solenidade farsesca usando trajes folgados de flanela e mordiscando cachimbos; comida sem ervas ou alho, sem suco de limão ou vinho; a constante manipulação de cigarros tida como uma modalidade erótica, e por todos os lados a autoridade, com suas diretrizes prepotentes, marcadas pela intransigência das palavras latinas, em bilhetes de ônibus, formulários e cartazes pintados à mão, cujos dedos solitários apontam o caminho por entre um mundo sério feito de marrom, preto e cinza. Era uma loja de quinquilharias explodindo em câmera lenta, minha ideia de como eram as coisas antigamente, e fiquei aliviado por June não ter acesso àquilo, pois eu não conseguia ver ali espaço algum para a obsessão sexual.

"Antes de conhecer Bernard eu tinha saído com uns dois outros rapazes porque tinham me parecido 'agradáveis'. De início, eu os convidava até minha casa para conhecerem meus pais e receberem o veredicto: seriam 'apresentáveis'? Eu sempre analisava os homens como maridos em potencial. Era o que minhas amigas faziam, era sobre isso que conversávamos. O desejo nunca entrava em cena, pelo menos não o meu. Havia apenas uma espécie meio vaga de anseio por um amigo que fosse homem, por uma casa, um bebê, uma cozinha — eram elementos inseparáveis. Quanto aos sentimentos do homem, a questão era até onde deixar que ele fosse. Nós nos reuníamos e conversávamos muito sobre isso. Se você queria se casar, sexo era o preço a ser pago. Depois da cerimônia. Era difícil, mas razoável. Não era possível ter alguma coisa a troco de nada.

"E então tudo mudou. Poucos dias depois de conhecer Bernard, meus sentimentos... bem, eu achei que ia explodir. Eu o queria, Jeremy. Era como uma dor. Eu não queria uma cerimônia de casamento nem uma cozinha, eu queria aquele homem. Tinha fantasias escandalosas com ele. Não podia falar honestamente com minhas amigas. Elas ficariam chocadas. Nada tinha me preparado para aquilo. Eu queria sexo com Bernard urgentemente, e estava apavorada. Sabia que se ele pedisse, se insistisse, eu não teria escolha. E era óbvio que os sentimentos dele também eram intensos. Bernard não era do tipo que fazia exigências, mas certa tarde, por uma série de motivos de que já me esqueci, acabamos ficando sozinhos em uma casa que pertencia aos pais de uma amiga. Acho que teve relação com o fato de estar chovendo muito. Fomos até o quarto de hóspedes e começamos a tirar a roupa. Eu estava prestes a conseguir aquilo com

50

que tinha sonhado por semanas, mas também me sentia péssima, tomada de pavor, como se estivesse sendo conduzida para minha própria execução..."

Ela percebeu meu olhar confuso — péssima por quê? — e tomou fôlego, impaciente.

"O que sua geração não sabe, e a minha quase esqueceu, é como ainda éramos ignorantes, como ainda era bizarra nossa relação com o sexo e tudo que dizia respeito a ele. Contracepção, divórcio, homossexualidade, DSTs. E gravidez fora do casamento era inimaginável, a pior coisa possível. Nos anos vinte e trinta, famílias respeitáveis internavam filhas grávidas em hospícios. Mães solteiras tinham que desfilar pelas ruas, humilhadas pelas organizações que deveriam tomar conta delas. Garotas se matavam tentando abortar. Agora parece loucura, mas naquele tempo era bem provável que uma menina grávida sentisse que todos tinham razão e que *ela* estava louca e merecia tudo que lhe estava acontecendo. A postura oficial era tão punitiva, tão implacável. Não havia nenhum tipo de apoio financeiro, é claro. Uma mãe solteira era uma pária, uma desgraça, dependente de instituições de caridade, grupos de igrejas e coisas do tipo, todas vingativas. Todas conhecíamos meia dúzia de histórias terríveis que serviam para nos manter na linha. Elas não foram suficientes naquela tarde, mas sem a menor dúvida eu sentia que estava arruinando meu destino enquanto subíamos as escadas até chegar ao quartinho minúsculo no último andar da casa, onde o vento e a chuva fustigavam a janela, como hoje. Não usamos nenhum tipo de proteção, é claro, e na minha ignorância imaginei que a gravidez era inevitável. E eu sabia que não tinha como voltar atrás. Eu me senti péssima, mas também senti o gosto da liberdade. Era a liberdade que imagino que um criminoso deva experimentar, ao menos por um instante, enquanto se prepara para cometer o crime. Eu sempre tinha feito mais ou menos o que era esperado de mim, mas ali me conheci pela primeira vez. E eu simplesmente precisava, eu precisava, Jeremy, ficar bem perto daquele homem..."

Pigarreei baixinho. "E, hã, como foi?" Eu não podia acreditar que estava perguntando aquilo a June Tremaine. Jenny nunca acreditaria em mim.

June deu outra de suas risadas. Eu nunca a tinha visto tão animada. "Foi uma surpresa! Bernard era a mais desajeitada das criaturas, sempre derramando a bebida ou batendo a cabeça em vigas. Acender o cigarro dos outros, para ele, era um sofrimento. Tive certeza de que ele nunca havia estado com outra garota. Ele insinuou o contrário, mas isso era pura formalidade, algo que se esperava que dissesse. Então preferi imaginar que nós dois éramos inocentes perdidos, e, para ser sincera, isso não me incomodou. Eu o queria de qualquer modo. Deitamos em uma cama estreita, eu dando risadinhas de pavor e empolgação, e, acredite se quiser — Bernard era um gênio! Todas as palavras que você encontraria num romance barato — gentil, forte, habilidoso — e, bem, *inventivo*. Quando terminamos, ele fez uma coisa ridícula. Levantou de repente num salto, correu até a janela, escancarou-a em plena tempestade, e ficou ali nu, comprido e magro e branco, batendo no peito e urrando como Tarzan enquanto folhas rodopiavam ao seu redor. Foi tão idiota! Olha, ele me fez dar tanta risada que eu fiz xixi na cama. Precisamos virar o colchão. Depois recolhemos centenas de folhas do tapete. Levei os lençóis para casa em uma sacola de compras, lavei e estendi de novo na cama com ajuda da minha amiga. Ela era um ano mais velha e ficou com tanto nojo que passou meses sem falar comigo!"

Experimentando em mim mesmo um pouco da liberdade criminosa que June tinha sentido quarenta e cinco anos antes, eu estava prestes a entrar na questão do tamanho que Bernard "escolheu". Será que era meramente, como agora parecia ser o caso, uma das calúnias ocasionais de June? Ou seria o segredo paradoxal do sucesso de Bernard? Ou não seria, por ele ter um corpo tão comprido, apenas um juízo equivocado? Mas há muitas perguntas que não podem ser feitas a uma sogra, e, além disso, ela estava de cenho franzido, tentando expressar alguma coisa.

"Acho que uma semana mais tarde Bernard foi até minha casa e conheceu meus pais, e tenho quase certeza de que foi nessa ocasião que ele derrubou um bule cheio no tapete Wilton. Fora isso, ele foi um sucesso, perfeitamente adequado — internato, Cambridge, um jeito tímido e simpático de falar com os mais velhos. Então começamos uma vida dupla. Éramos o casal jovem e queridinho que comoveu a todos noivando para se casar assim que a guerra terminasse. Ao mesmo tempo, seguimos em frente com o que tínhamos começado. Havia salas desocupadas no Senado e em outros prédios públicos. Bernard era muito bom em arranjar as chaves. No verão, havia os bosques de faia que rodeavam Amersham. Era um vício, uma loucura, uma vida secreta. Tomávamos todas as precauções a essa altura, mas, para ser bem sincera, naquela época eu já não dava a mínima.

"Sempre que conversávamos sobre o mundo ao nosso redor, falávamos de comunismo. Era nossa outra obsessão. Decidimos perdoar a estupidez do Partido no início da guerra e nos afiliarmos assim que a paz viesse e pedíssemos demissão. Marx, Lênin, Stálin, o caminho a ser seguido, concordávamos em tudo. Uma bela união de corpos e mentes! Tínhamos fundado uma utopia particular, e era apenas uma questão de tempo até o mundo seguir nosso exemplo. Fomos moldados por esses meses. Por trás de toda a nossa frustração ao longo de todos esses anos sempre esteve o desejo de voltar a esses dias felizes. Assim que começamos a ver o mundo de formas diferentes, percebemos que nosso tempo se esgotava e que estávamos cada vez mais impacientes um com o outro. Cada discordância era uma interrupção do que sabíamos ser possível — e logo só havia discordâncias. E, por fim, o tempo de fato se esgotou, mas as memórias ainda estão no mesmo lugar, nos acusando, e ainda não conseguimos deixar um ao outro em paz.

"Uma coisa que aprendi naquela manhã depois do dólmen foi que eu tinha coragem, coragem física, e que podia ser autônoma. É uma descoberta significativa para uma mulher, pelo menos era na minha época. Talvez também tenha sido uma descoberta fatídica, desastrosa. Não tenho mais tanta certeza de que eu *deveria* ter sido autônoma. O resto é difícil de contar, especialmente para um cético como você."

Eu estava quase protestando quando ela me impediu com um gesto.

"Mas vou repetir assim mesmo. Estou ficando cansada. Logo você vai ter que ir embora. E eu também quero falar do sonho mais uma vez. Quero ter certeza de que você entendeu direito."

Ela hesitou, reunindo forças para a última fala da tarde.

"Sei que todo mundo acha que exagerei na importância de tudo aquilo — uma jovem assustada por dois cães numa trilha rural. Mas quando tentar compreender o sentido da própria vida, você vai ver. Ou vai descobrir que está velho e preguiçoso demais para tentar, ou vai fazer o que eu fiz, isolar um único evento, encontrar em algo corriqueiro e explicável um modo de expressar aquilo que de outra forma talvez lhe escape — um conflito, uma mudança de opinião, um novo entendimento. Não estou dizendo que esses animais eram algo além do que pareciam ser. Apesar do que Bernard diz, eu não acredito de fato que eram familiares de Satã, cães de guarda do inferno ou presságios divinos, ou seja lá o que ele diz aos outros que eu acredito. Mas ele se esquece de enfatizar um dos lados da história. Na próxima vez que se encontrar com Bernard, peça para ele contar o que o *Maire* de St. Maurice nos falou sobre aqueles cães. Ele vai lembrar. Foi uma longa tarde no terraço do Hôtel des Tilleuls. Não transformei esses animais em mito. Eu os usei. Eles me libertaram. Eu descobri uma coisa."

June estendeu a mão sobre o lençol, na minha direção. Não consegui esticar a minha e pegar a dela. Fui impedido por algum impulso jornalístico, alguma noção esquisita de neutralidade. Enquanto ela continuava falando, e eu continuei transcrevendo com os arabescos elegantes da minha taquigrafia, eu me senti leve, de cabeça vazia, suspenso em minha incerteza entre dois pontos, o banal e o profundo; eu não sabia qual deles estava escutando. Constrangido, me curvei sobre minha escrita para não ter que olhar nos olhos dela.

"Encontrei o mal e descobri Deus. Chamo de minha descoberta, mas é claro que ela não tem nada de novo, e não é minha. Cada um precisa buscá-la por si mesmo. As pessoas usam termos diferentes para descrevê-la. Imagino que todas as grandes religiões tenham começado com indivíduos entrando em contato inspirado com uma realidade espiritual e em seguida tentando manter vivo esse conhecimento. Quase tudo se perde em regras, práticas e vício em poder. As religiões são assim. Mas, no fim, nem importa como você descreve, depois de apreendida a verdade essencial — que temos dentro de nós um recurso infinito, um potencial para um estado superior de existência, uma bondade..."

Eu já tinha ouvido isso antes, de uma forma ou de outra, de um diretor de escola com tendências espirituais, de um vigário dissidente, de uma antiga namorada que retornava da Índia, de profissionais californianos e de *hippies* deslumbrados. Ela percebeu que me remexi na cadeira, mas seguiu em frente.

"Chame isso de Deus, ou de espírito do amor, ou de *atman*, de Cristo ou de leis da natureza. O que eu vi naquele dia, e em muitos dias desde então, foi um halo de luz colorida ao redor do meu corpo. Mas a aparência é irrelevante. O que importa é fazer a conexão com esse centro, esse ser interior, e então ampliá-lo, aprofundá-lo. Depois levá-lo para fora, para os outros. O poder de cura do amor..."

A memória do que aconteceu em seguida ainda me dói. Eu não consegui evitar, meu desconforto ficou simplesmente intenso demais. Eu não suportava mais ouvir aquilo. Talvez meus anos de solidão tenham sido a cultura que nutriu meu ceticismo, minha proteção contra aquelas convocações a amar, a melhorar, a ceder o núcleo defensável da individualidade e vê-lo se dissolver no leite morno do amor e da bondade universais. É o tipo de conversa que me faz corar. Eu ouço e faço caretas. Não enxergo nada disso, não acredito.

Resmungando uma desculpa sobre câimbras na perna, eu me levantei, mas rápido demais. Minha cadeira caiu para trás e bateu com escândalo na mesinha. Mas quem se assustou fui eu. Ela ficou me olhando, quase sorrindo, quando comecei a pedir desculpas pela interrupção.

June respondeu: "Eu sei. São palavras cansadas, e eu também estou. Em outra ocasião, talvez fosse melhor se eu pudesse mostrar o que estou falando. Em outra ocasião...". Ela não teve forças para avançar contra minha descrença. A tarde chegava ao fim.

Eu estava mais uma vez tentando me desculpar pela grosseria, e ela me interrompeu. O tom de voz era suave, mas talvez ela estivesse ofendida.

"Você poderia lavar essas xícaras antes de ir? Obrigada, Jeremy."

Na pia, de costas para June, eu a ouvi suspirar enquanto afundava na cama. No lado de fora, os galhos ainda se sacudiam ao vento. Senti um prazer momentâneo por estar voltando ao mundo, deixando o vento oeste me soprar até Londres, para meu presente, longe do passado dela. Enquanto enxugava as xícaras e os pires e os colocava na prateleira, tentei encontrar uma desculpa melhor para meu comportamento rude. A alma, uma vida após a morte, um universo cheio de sentido: era precisamente o consolo oferecido por essa crença alegre que me incomodava; convicções e egoísmo estavam emaranhados demais. Como dizer isso a ela? Quando me virei, seus olhos estavam fechados e a respiração seguia seu ritmo superficial.

Mas ela ainda não dormia. Enquanto eu pegava minha sacola perto da cama, ela murmurou sem abrir os olhos: "Eu queria falar do sonho mais uma vez".

Estava no meu caderno, o sonho curto, invariável, pré-sono, que a assombrou ao longo de quarenta anos: dois cães correm por uma trilha até a Gorge. O cão maior deixa um rastro de sangue, facilmente visível sobre as pedras brancas. June sabe que o prefeito de um vilarejo próximo não mandou ninguém atrás dos bichos. Eles descem até a sombra produzida pelos despenhadeiros até chegarem ao bosque, e então sobem pelo outro lado. June os vê mais uma vez, do outro lado da Gorge, avançando na direção das montanhas, e ainda que estejam se distanciando muito dela, é nesse momento que o terror desfere o golpe; ela sabe que eles voltarão.

Eu a tranquilizei. "Anotei tudo."

"Você precisa lembrar que isso acontece quando ainda estou um pouco acordada. Eu de fato os *vejo*, Jeremy."

"Não vou me esquecer."

June meneou a cabeça, com os olhos ainda fechados. "Pode sair sozinho?"

Era quase uma piada, uma ironia débil. Inclinei-me sobre ela, beijei seu rosto e cochichei em seu ouvido: "Acho que consigo, sim". Depois cruzei o quarto em silêncio e saí para o corredor, para o tapete vermelho e amarelo com espirais, pensando, como sempre fazia ao deixá-la para trás, que aquela seria a última vez.

E foi.

June morreu quatro semanas mais tarde, "tranquila, durante o sono", como disse a enfermeira-chefe que deu a notícia a Jenny por telefone. Não acreditamos que tivesse sido assim, mas também não queríamos duvidar disso.

Ela foi enterrada no cemitério do vilarejo próximo a Chestnut Reach. Fomos de carro com nossos filhos e dois sobrinhos, e também levamos Bernard. Foi uma viagem desconfortável. O dia estava quente, o carro, apertado, e havia obras e trânsito intenso na estrada. Bernard se sentou no banco do passageiro e permaneceu em silêncio durante todo o trajeto. Às vezes, colocava as mãos no rosto por um ou dois segundos. Mas na maior parte do tempo apenas olhava para a frente, sem piscar. Não parecia estar chorando. Jenny foi no banco de trás, com o bebê no colo. Ao lado dela, as crianças debatiam a morte. Ficamos ouvindo, impotentes, incapazes de fazer com que mudassem de assunto. Alexander, nosso filho de quatro anos, estava chocado com nossa intenção de botar sua vovó, de quem tanto gostava, dentro de uma caixa de madeira que seria colocada em um buraco no chão e depois coberta de terra.

"Ela não gosta disso", afirmou, confiante.

Harry, seu primo de sete anos, estava por dentro dos fatos. "Ela morreu, seu burro. Está mortinha da silva. Não sabe nada sobre isso."

"Quando ela volta?"

"Nunca. Quando a gente morre, não volta nunca mais."

"Mas e *ela*, volta quando?"

"Nunca, nunca, nunca, jamais. Ela foi pro céu, seu burro."

"Quando ela volta? Vovô? Ela volta quando, vovô?"

Foi um alívio ver uma multidão daquelas num local tão afastado. Ao longo da estrada até a igreja normanda havia dezenas de carros estacionados na diagonal sobre o gramado. O ar acima dos tetos quentes ondulava. Eu estava apenas começando a frequentar enterros com regularidade, e até então tinham sido apenas cerimônias estritamente seculares para três amigos que tinham morrido de aids. O funeral anglicano daquele dia eu só conhecia de filmes. Como um dos discursos grandiosos de Shakespeare, o sermão ao lado da sepultura, cravejado na memória em fragmentos, foi uma sucessão de frases brilhantes, títulos de livros, cadências moribundas que exalavam vida, um estado de percepção pura ao longo da espinha. Observei Bernard. Estava ao lado do padre, com os braços esticados ao lado do corpo, olhando para a frente sem piscar, como tinha feito no carro, mantendo-se perfeitamente sob controle.

Depois do funeral, eu o vi se afastar dos velhos amigos de June e vagar em meio às lápides, parando de vez em quando para ler a inscrição de alguma, e então seguir até um teixo. Ficou à sombra da árvore, apoiando os cotovelos no muro do cemitério. Eu estava caminhando até ele para dizer as poucas frases sem jeito que tinha mais ou menos preparado quando o ouvi chamar o nome de June por cima do muro. Cheguei mais perto e vi que ele estava chorando. Inclinou o corpo longo e delgado para a frente, e então se endireitou. À sombra da árvore, ele se sacudia de leve para baixo e para cima enquanto chorava. Dei-lhe as costas, me sentindo culpado pela intrusão, e me afastei às pressas, passando por dois homens que enchiam a cova de terra, para me juntar à multidão que tagarelava, sua tristeza se desvanecendo no ar do verão enquanto deixavam o cemitério para trás, seguindo ao longo da estrada, ultrapassando os carros estacionados, em direção à entrada de um campo de grama crescida no centro do qual havia uma tenda cor de creme, com as laterais abertas e enroladas por conta do calor. Às minhas costas, terra seca e pedras tiniam contra as pás dos coveiros. Adiante, era como June deve ter imaginado: crianças brincando nas cordas estendidas, garçons com trajes brancos engomados servindo drinques diante de cavaletes cobertos com lençóis e, logo, os primeiros convidados, um jovem casal, relaxando no verde do gramado.

Parte II
BERLIM

Pouco mais de dois anos depois, às seis e meia de uma manhã de novembro, acordei com Jenny ao meu lado na cama. Ela tinha passado dez dias em Estrasburgo e Bruxelas, e voltara tarde da noite. Rolamos na cama em um abraço sonolento. Pequenos reencontros como esse são alguns dos prazeres domésticos mais extraordinários. Era como se ela fosse ao mesmo tempo familiar e uma novidade — como é fácil se acostumar a dormir sozinho. Seus olhos estavam fechados, e ela quase sorriu ao encaixar a bochecha no espaço abaixo da minha clavícula, que ao longo dos anos parecia ter se ajustado à sua forma. Tínhamos no máximo uma hora, provavelmente menos, até que as crianças acordassem e a descobrissem — para eles era ainda mais emocionante, porque eu tinha sido vago a respeito do retorno de Jenny para o caso de ela não conseguir pegar o último voo. Estendi o braço e apertei suas nádegas. A mão dela roçou na minha barriga. Procurei a protuberância familiar na base de seu mindinho, onde um sexto dedo tinha sido amputado logo depois de ela nascer. Tantos dedos, dizia sua mãe, quanto um inseto tem de patas. Alguns minutos mais tarde, que podem ter sido interrompidos por um breve cochilo, iniciamos o sexo amistoso que é o privilégio e a concessão da vida de casados.

Estávamos começando a despertar para a urgência de nosso prazer, e nos movendo com mais vigor em prol do outro, quando o telefone no criado-mudo tocou. Devíamos ter lembrado de desconectá-lo. Trocamos um olhar. Em silêncio, concordamos que ainda era cedo o suficiente para que um telefonema fosse incomum, talvez uma emergência.

Sally era a mais provável autora da chamada. Tinha vindo morar conosco duas vezes, e a tensão da vida familiar havia sido grande demais para continuarmos com ela. Muitos anos antes, aos vinte e um anos, ela tinha se casado com um homem que a espancara e a deixara com um filho para cuidar. Dois anos mais tarde, Sally foi considerada incapaz, por ser muito violenta, de cuidar do garotinho que agora vive com pais adotivos. Ela venceu o alcoolismo anos depois, apenas para adentrar outro casamento desastroso. Agora morava num hotel em Manchester. Sua mãe, Jean, morrera, e Sally contava conosco para receber afeto e apoio. Nunca pedia dinheiro. Eu nunca consegui me livrar da ideia de que sua vida infeliz era minha responsabilidade.

Como Jenny estava deitada de barriga para cima, quem estendeu o braço para atender fui eu. Mas não era Sally, era Bernard, já na metade de uma frase. Não estava falando, tagarelava. Escutei comentários alterados ao fundo, que deram lugar a uma sirene de polícia. Tentei interromper, dizendo seu nome. A primeira coisa inteligível que o ouvi dizer foi: "Jeremy, está me ouvindo? Ainda está aí?".

Eu me senti encolhendo dentro da filha dele. Mantive um tom de voz polido. "Bernard, não entendi nem uma palavra. Fale de novo, mais devagar."

Jenny estava fazendo sinais, se oferecendo para assumir o telefone. Mas Bernard tinha recomeçado. Sacudi a cabeça e voltei os olhos para o travesseiro.

"Ligue o rádio, meu rapaz. Ou melhor ainda, a televisão. Estão cruzando aos montes. Você não vai acreditar..."

"Bernard, quem está cruzando o quê?"

"Acabei de falar. Estão derrubando o Muro! É difícil de acreditar, mas estou assistindo agora mesmo, os berlinenses orientais estão atravessando..."

Meu primeiro pensamento, egoísta, foi de que aquilo não me demandava nenhuma providência imediata. Eu não precisava levantar da cama e sair para fazer algo útil. Prometi a Bernard que ligaria de volta, coloquei o telefone no gancho e dei a notícia para Jenny.

"Sensacional."

"Incrível."

Estávamos fazendo de tudo para manter a importância plena daquela notícia a uma distância segura, pois ainda não pertencíamos ao mundo, à esforçada comunidade de pessoas completamente vestidas. Um princípio importante estava em jogo: manter a primazia da vida privada. E assim, recomeçamos. Mas o encanto tinha se quebrado. Multidões animadas surgiam em meio à penumbra matinal do nosso quarto. Nós dois estávamos em outro lugar.

Foi Jenny quem disse, enfim: "Vamos descer para ver".

Ficamos em pé na sala, de robe, com canecas de chá, olhando fixamente para a televisão. Não parecia certo se sentar. Berlinenses orientais com japonas de náilon e jaquetas *jeans* desbotadas, empurrando carrinhos de bebê ou de mãos dadas com os filhos, passavam em fila pelo Checkpoint Charlie sem serem incomodados. A câmera chacoalhava e se metia, intrusa, em meio a abraços apertados. Uma mulher em lágrimas, com uma tez fantasmagórica devido ao solitário refletor de uma câmera, estendeu as mãos e começou a falar, mas as palavras ficaram engasgadas em sua garganta. Multidões de berlinenses ocidentais gritavam vivas e davam socos animados no capô de cada bravo e cômico Trabant que avançava rumo à liberdade. Duas irmãs agarradas não quiseram se separar para dar uma entrevista. Jenny e eu estávamos em lágrimas, e quando as crianças surgiram correndo para lhe dar boas-vindas, o pequeno drama do reencontro, com abraços e afagos no tapete da sala, tomou emprestado a pungência dos eventos felizes em Berlim — o que fez Jenny chorar ainda mais.

Uma hora mais tarde, Bernard voltou a telefonar. Já fazia quatro anos que ele tinha começado a me chamar de "caro rapaz", desde que, eu suspeitava, ele tinha ingressado no Garrick Club. Essa era, segundo Jenny, a distância percorrida por ele desde "camarada".

"Caro rapaz. Quero ir para Berlim o mais rápido possível."

"Boa ideia", respondi de pronto. "Vá mesmo."

"As passagens de avião estão a peso de ouro. Todos querem

ir. Reservei dois lugares num voo desta tarde. Preciso confirmar em uma hora."

"Bernard, estou indo para a França agora mesmo."

"Faça um desvio. É um momento histórico."

"Já ligo para você."

Jenny desdenhou. "Ele precisa ir para ver seu Grande Erro corrigido. Vai precisar de alguém para carregar as malas."

Ao ver as coisas por esse ângulo, fiquei a ponto de dizer não. Mas durante o café da manhã, incitado pelo triunfalismo estridente da TV portátil preto e branco que colocamos ao lado da pia, comecei a sentir uma empolgação impaciente, uma necessidade de aventura após dias de deveres domésticos. A TV soou um rugido em miniatura e eu me senti como um menino trancado para fora do estádio em uma final de Copa do Mundo. A história estava acontecendo sem mim.

Depois que as crianças foram entregues aos grupos de amigos e escolas, voltei a tocar no assunto com Jenny. Ela estava feliz por ter voltado para casa. Zanzava de um cômodo a outro, com o telefone sem fio sempre ao alcance, cuidando das plantas que tinham murchado sob meus cuidados.

"Vá", foi sua recomendação. "Não me dê ouvidos, estou com inveja. Mas antes de ir, é melhor terminar o que começou."

Era a melhor decisão a ser tomada. Redirecionei meu voo para Montpellier via Berlim e Paris, e confirmei a reserva de Bernard. Telefonei a Berlim para perguntar a meu amigo Günter se podíamos ficar em seu apartamento. Liguei para Bernard para anunciar que passaria para pegá-lo de táxi às duas em ponto. Cancelei compromissos, deixei instruções e arrumei a mala. Na televisão, berlinenses orientais formavam uma fila de oitocentos metros do lado de fora de um banco, à espera de seus cem marcos alemães. Jenny e eu voltamos ao quarto por uma hora, e depois ela saiu às pressas para um compromisso. Fiquei sentado de robe na cozinha e almocei sobras requentadas. Na televisão portátil, outras partes do Muro tinham sido derrubadas. Pessoas chegavam a Berlim de todos os cantos do planeta. Uma imensa festa se anunciava. Jornalistas e equipes de TV não conseguiam encontrar quartos vagos em hotéis. Depois de subir as escadas, de pé embaixo do chuveiro, revigorado e purificado pelo sexo, urrando os trechos de Verdi que conseguia lembrar em italiano, me parabenizei pela vida rica e interessante que levava.

Uma hora e meia depois, deixei o táxi esperando na Addison Road e subi correndo as escadas até o apartamento de Bernard. Ele estava literalmente parado na soleira da porta, segurando o chapéu e o casaco, com as malas aos seus pés. Fazia pouco tempo que tinha adquirido a precisão minuciosa da idade avançada, a cautela necessária para se adaptar a uma memória com certeza inútil. Peguei suas malas (Jenny tinha razão) e ele estava quase fechando a porta quando franziu o cenho e ergueu o indicador.

"Uma última olhada."

Larguei as malas e entrei com ele no apartamento, a tempo de vê-lo apanhar as chaves de casa e o passaporte que estavam na mesa da cozinha. Ele ergueu ambos para mim com uma expressão de eu-não-disse?, como se fosse eu o esquecido, e ele que merecesse os parabéns.

Eu já tinha compartilhado táxis londrinos com Bernard. Suas pernas quase não cabiam ali dentro. A primeira marcha ainda estava engatada e mal começávamos a nos afastar, mas Bernard já tinha os dedos unidos sob o queixo, começando: "A questão é...". Sua voz não tinha o ritmo curto dos tempos de guerra, o *staccato* quase oriental tão característico de June; ao invés disso, era um tanto aguda e precisa até demais na enunciação, como a voz de Lytton Strachey deveria ter soado, ou como a de Malcolm Muggeridge soava, o modo de falar de certos galeses instruídos. Para quem ainda não conhecia Bernard, ou não gostava dele, poderia soar como afetação. "A questão é que a unidade alemã é inevitável. Os russos vão agitar os sabres, os franceses vão sacudir os braços, os britânicos vão tartamudear. Ninguém sabe o que os americanos vão querer, o que será melhor para eles. Os alemães terão sua unidade porque a querem, isso estava previsto em sua constituição e ninguém pode impedi-los. Não perderão mais tempo esperando, porque nenhum chanceler em seu juízo perfeito vai deixar essa glória para seu sucessor. E vai acontecer nos termos da Alemanha Ocidental, porque eles é que vão pagar."

Ele tinha um jeito de apresentar todas as suas opiniões como fatos incontestáveis, e suas certezas realmente tinham certo poder sinuoso. O que se exigia de mim era apresentar outro ponto de vista, acreditasse eu nele ou não. Os hábitos de conversa particular de Bernard tinham se formado ao longo de anos de debate público. Um embate justo entre posições antagônicas nos deixaria mais próximos da verdade. Enquanto seguíamos para Heathrow, fiz a gentileza de argumentar que talvez os alemães orientais mantivessem o apego a algumas características de seu sistema e, por conta disso, não seriam assimilados tão facilmente, que a União Soviética tinha centenas de milhares de soldados na RDA e poderia certamente influir na situação se assim desejasse, e que casar os dois sistemas em termos práticos e econômicos poderia levar anos.

Ele assentiu, satisfeito. Seus dedos ainda apoiavam o queixo, e ele aguardou com paciência que eu terminasse para desmontar meus argumentos. Metodicamente, atacou um por um, em ordem. O imenso repúdio popular ao estado alemão oriental tinha alcançado um estágio em que apegos arraigados só seriam descobertos tarde demais, sob forma de uma nostalgia; a União Soviética tinha perdido interesse em controlar seus satélites da Europa Oriental. Não era mais uma superpotência em qualquer aspecto, exceto o militar, e precisava muito da boa vontade ocidental e do dinheiro alemão; as dificuldades práticas da união alemã, por sua vez, poderiam ser encaradas mais tarde, depois que o casamento político tivesse garantido o lugar do chanceler nos livros de história e uma boa chance de vencer as próximas eleições com milhões de novos eleitores agradecidos.

Bernard continuava falando, e não parecia perceber que o táxi tinha parado diante do nosso terminal. Eu me inclinei para a frente e paguei a corrida enquanto ele se dedicava a destrinchar em minúcias a terceira das minhas objeções. O motorista se virou para trás e abriu a divisória de vidro para escutar. Tinha uns cinquenta anos e era completamente careca, com um rosto de bebê que parecia feito de borracha e olhos grandes e penetrantes de um azul fluorescente.

Quando Bernard se deu por satisfeito e parou de falar, ele deu sua opinião. "Sim, mas e depois, meu amigo? Os alemães vão começar a abusar da força de novo. Daí a gente vai se incomodar..."

Bernard se retraiu no instante em que o motorista abriu a boca, e começou a procurar a mala. As consequências da união alemã deveriam ser o próximo assunto em debate, mas em vez de entrar na discussão, mesmo que por um único minuto cheio de condescendência, Bernard ficou constrangido e se apressou em sair do carro.

"Como fica a estabilidade?", dizia o motorista. "Como fica o equilíbrio de poder? No Leste a gente tem a Rússia indo pelo ralo e aquele monte de paisinhos, tipo a Polônia, afundados na merda de tanta dívida..."

"Sim, sim, você tem razão, é mesmo preocupante", disse Bernard ao conquistar a segurança da calçada. "Jeremy, não podemos perder o voo."

O motorista baixara o vidro. "No Oeste a gente tem a Grã--Bretanha, que não é exatamente uma potência europeia, né. Ainda está com a língua enfiada no traseiro dos americanos, se me permite a grosseria. Sobram os franceses. Nossa mãe, os franceses!"

"Adeus, e obrigado", murmurou Bernard, disposto inclusive a carregar as próprias malas e dar uns passinhos trôpegos para tomar alguma distância. Eu o alcancei nas portas automáticas do terminal. Ele colocou a mala na minha frente e esfregou a mão direita com a esquerda, dizendo: "Não tenho a menor paciência para ouvir sermão de taxista".

Entendi o que ele quis dizer, mas pensei também que Bernard era exigente demais na escolha de oponentes de debate. "Você perdeu o contato com o povo."

"Nunca tive, meu caro rapaz. Sempre fui um homem de ideias."

Meia hora depois de decolar, pedimos champanhe do carrinho de bebidas e fizemos um brinde à "liberdade". Depois, Bernard voltou à questão do contato com o povo.

"Mas June tinha. Ela se dava bem com todo mundo. Teria encarado aquele taxista. O que surpreende em alguém que acabou se tornando reclusa. Admito que ela era uma comunista bem melhor do que eu."

Hoje em dia, qualquer menção a June me dá um pequeno calafrio de culpa. Desde sua morte, em julho de 1987, não fiz nada com a biografia que em tese eu devia estar escrevendo, nada além de pôr as anotações em ordem e guardá-las numa caixa de arquivo. Meu trabalho (tenho uma pequena editora especializada em livros didáticos), minha vida familiar, uma mudança de casa no ano passado — nenhuma das desculpas costumeiras fazia com que eu me sentisse melhor. Talvez minha viagem à França, a *bergerie* e suas associações, me colocassem de volta nos trilhos. E eu ainda tinha coisas a investigar com Bernard.

"Não acho que June consideraria isso um grande elogio."

Bernard ergueu a taça de plástico transparente para que o champanhe refratasse a luz do sol que inundava a cabine. "E quem acharia, nos dias de hoje? Mas por um par de anos ela lutou pela causa como uma tigresa."

"Até a Gorge de Vis."

Ele sabia que eu estava tentando fazê-lo falar. Recostou-se na cadeira e sorriu sem olhar para mim. "Então estamos trabalhando nessa biografia?"

"Já estava na hora de eu fazer alguma coisa."

"Por acaso ela mencionou alguma vez a briga que tivemos? Na Provença, voltando para a casa da Itália, ao menos uma semana antes de chegarmos à Gorge."

"Acho que não."

"Foi na plataforma de uma estação perto de uma cidadezinha cujo nome não estou me lembrando. Estávamos esperando o trem que nos levaria até Arles. Era uma estação ao ar livre, na verdade pouco mais que uma parada, e bem destruída. A sala de espera tinha pegado fogo. Estava muito quente, não havia sombra nem lugar para sentar. Estávamos cansados e o trem, atrasado. Também estávamos totalmente sozinhos. Condições perfeitas para nossa primeira briga conjugal.

"Em dado momento, deixei June em pé com nossa bagagem e caminhei pela plataforma — você sabe como é quando o tempo se arrasta — até chegar ao final. O lugar estava um caos. Acho que tinham derramado um barril de piche ou tinta. As pedras do calçamento tinham sido deslocadas e ervas daninhas cresciam e secavam ao sol. Ao fundo, longe dos trilhos, uma moita de arbusto conseguira florescer sabe-se lá como. Eu estava admirando a planta quando percebi o movimento em uma das folhas. Cheguei mais perto e ali estava uma libélula, uma flecha vermelha, Sympetrum sanguineum, um macho, perceba, vermelho-brilhante. Não são exatamente raras, mas era um espécime de tamanho incomum, uma beleza.

"Para minha surpresa, consegui prendê-lo nas mãos em concha, corri de volta à plataforma, até onde estava June, e fiz com que ela segurasse a libélula enquanto eu remexia minha mala em busca do *kit* de viagem. Abri, peguei a garrafa com veneno e pedi que June trouxesse a criatura até mim. Ela ainda estava com as mãos em concha, bem assim, mas me olhava com uma expressão estranha, uma espécie de horror. 'O que você vai fazer?', perguntou. Respondi: 'Quero levar para casa'. Ela não se aproximou. 'Você está dizendo que vai matar a libélula', ela disse. 'Claro que vou', confirmei. 'É uma beleza.' Ela então ficou fria e lógica. 'É uma beleza, logo você quer matá-la.' June, como você sabe, cresceu perto do campo e nunca teve grandes pruridos ao matar camundongos, ratos, baratas, vespas — enfim, qualquer coisa que atrapalhasse seu caminho. Fazia um calor escaldante, e não era o momento de começar um debate ético sobre os direitos dos insetos. Então eu disse: 'June, só me traz a libélula aqui'. Talvez eu tenha falado de um jeito muito rude. Ela deu meio passo para trás, e vi que estava prestes a libertar o inseto. Falei: 'June, você sabe o quanto isso é importante para mim. Se você deixar que ela escape, eu nunca vou te perdoar'. Ela estava em conflito. Repeti o que tinha dito, e então ela veio na minha direção, extremamente aborrecida, transferiu a libélula para minhas mãos e me assistiu colocando-a na garrafa e guardando na mala. Ela ficou em silêncio enquanto eu fazia isso e então, talvez porque se sentisse culpada por não ter libertado a criatura, teve um acesso de fúria incontrolável."

O carrinho de bebidas estava passando novamente, e Bernard hesitou antes de decidir não pedir mais um champanhe.

"Como acontece nas melhores brigas, a coisa passou rápido do particular para o geral. Minha atitude para com aquela pobre criatura era minha típica atitude para com a maioria das outras coisas, incluindo ela própria. Eu era frio, teórico, arrogante. Nunca demonstrava nenhuma emoção, e a impedia de demonstrar também. Ela se sentia observada, analisada, como se fizesse parte da minha coleção de insetos. Eu só me interessava por abstrações. Eu alegava amar a 'criação', como ela chamou, mas na verdade queria controlá-la, sufocá-la até que morresse, rotulá-la e armazená-la numa prateleira. E minhas posições políticas estavam incluídas nisso. Não era a injustiça que me incomodava, mas a desordem. Não era a irmandade dos homens que me atraía, mas a organização eficiente dos homens. O que eu queria era uma sociedade ordeira e alinhada como um quartel, justificada por teorias científicas. Estávamos ali, em pé, sob aquele sol implacável, com ela gritando: 'Você nem gosta de gente da classe trabalhadora! Nunca fala com eles. Nem sabe como eles são. Você os odeia. Só quer que se disponham em fileiras organizadas como seus malditos insetos!'."

"E o que você disse?"

"De início, não muita coisa. Você sabe o quanto eu odeio escândalos. Só fiquei pensando que eu tinha me casado com aquela garota adorável e que ela me odiava. Que erro terrível! E então, como eu tinha que dizer alguma coisa, fiz uma defesa do meu *hobby*. A maioria das pessoas, argumentei, antipatizava instintivamente com o mundo dos insetos, e os entomologistas eram os únicos a tomar conhecimento dele, a estudar seu funcionamento e seus ciclos vitais, a se importar com aquilo. No-mear insetos e classificá-los em grupos e subgrupos era uma parte importante disso tudo. Quem aprende a nomear uma parte do mundo aprende também a amá-la. Matar alguns inse-tos era irrelevante perto desse fato mais amplo. As populações de insetos eram enormes, mesmo nas espécies raras. Como todos eram clones genéticos uns dos outros, não fazia sentido falar em indivíduos, muito menos de seus direitos. 'Lá vem você de novo', ela disse. 'Nem está conversando comigo. Está dando uma palestra.' Foi aí que comecei a me incomodar. Quanto às minhas posições políticas, prossegui, sim, eu gosta-va de ideias, qual era problema disso? As outras pessoas podiam concordar ou discordar, e contestá-las. E era verdade, eu não me sentia à vontade com gente da classe trabalhadora, mas isso não queria dizer que eu os desprezava. Isso era absurdo. Eu entenderia muito bem se eles se sentissem pouco à vontade comigo. Quanto aos meus sentimentos por ela, sim, eu não era uma pessoa muito emotiva, mas isso não queria dizer que não tinha emoções. Eu simplesmente tinha sido criado assim, e se ela queria mesmo saber, eu a amava mais do que jamais seria capaz de dizer, ponto final, e se eu não dizia isso com frequên-cia suficiente, bem, pedia desculpas, mas no futuro eu certa-mente faria isso, todos os dias, se fosse preciso.

"E então aconteceu uma coisa extraordinária. Na verdade, duas coisas aconteceram ao mesmo tempo. Enquanto eu dizia tudo isso, nosso trem se aproximou fazendo uma barulheira e soltando muita fumaça e vapor, e assim que ele parou, June começou a chorar e me abraçou, e revelou que estava grávida e que segurar um pequeno inseto nas mãos fez com que ela se sentisse responsável não apenas pela vida que crescia dentro de si, mas por toda a vida, e que me deixar matar aquela bela libé-lula foi um erro horroroso e ela estava certa de que a natureza se vingaria e algo terrível iria acontecer com o bebê. O trem partiu e continuamos na plataforma, abraçados. Eu quase saí dançando de alegria pelo lugar, mas fiquei feito um idiota ten-tando explicar Darwin para June, tentando consolá-la, dizendo que na grande ordem das coisas não havia espaço para esse tipo de vingança que ela estava mencionando, e que não aconteceria nada com o nosso bebê..."

"Jenny."

"Sim, claro. Jenny."

Bernard apertou o botão acima de sua cabeça e disse à comissária que tinha mudado de ideia e que, no fim das contas, nós queríamos o champanhe. Quando a bebida chegou, fizemos um brinde, tudo indicava, ao nascimento iminente de minha esposa.

"Depois dessa notícia, não tínhamos mais como esperar outro trem, então entramos na cidadezinha — não era muito maior que um vilarejo, na verdade, e eu adoraria me lembrar do nome —, encontramos o único hotel, pegamos um quarto imenso de piso barulhento no primeiro andar com sacada e vista para uma pracinha. Era um lugar perfeito, e sempre falávamos em voltar. June sabia o nome, e eu nunca mais vou lembrar. Ficamos dois dias ali, celebramos o bebê, avaliamos nossas vidas, traçamos planos como qualquer jovem casal. Foi uma reconciliação maravilhosa — e mal arredamos o pé do quarto.

"Mas certa noite June tinha dormido mais cedo e eu estava inquieto. Fui dar uma volta na praça, tomei uns drinques num café. Você sabe como é quando passa tanto tempo com alguém de forma tão intensa e de repente fica sozinho outra vez. É como acordar de um sonho. Você volta à realidade. Fiquei sentado do lado de fora de um bar, vendo o pessoal jogar *boules*. Fazia um calor terrível naquela noite, e pela primeira vez tive a chance de pensar melhor em algumas das coisas que June tinha falado na estação. Fiz um esforço imenso para imaginar como seria acreditar, acreditar de verdade, que a natureza poderia se vingar de um feto pela morte de um inseto. Ela tinha falado muito sério, quase chorara. E, para ser sincero, eu não consegui imaginar. Era um pensamento mágico, totalmente alienígena para mim..."

"Mas, Bernard, você nunca tem a sensação de que está brincando com o destino? Nunca bate na madeira?"

"Isso é só uma brincadeira, um modo de falar. Sabemos que

é superstição. Essa crença de que a vida tem de fato recompensas e punições, que por baixo de tudo existe um padrão mais profundo de sentido, além daquele que nós mesmos concedemos — isso não passa de consolação mágica. Só..."

"Biógrafos?"

"Eu ia dizer mulheres. Talvez eu só esteja querendo dizer que, sentado ali com meu drinque naquela pracinha quente, eu estava começando a entender alguma coisa sobre mulheres e homens."

Eu me perguntei o que minha esposa Jenny, tão sensata e eficiente, teria achado disso.

Bernard tinha terminado o champanhe e estava de olho nos dois dedos que restavam na minha garrafa. Passei-a para ele, que dizia: "Melhor admitir que as diferenças físicas são apenas a, a...".

"Ponta do *iceberg*?"

Ele sorriu. "A extremidade afinada de uma cunha gigante. Mas enfim, fiquei ali sentado e tomei mais uns drinques. E, olha, eu sei que é bobagem levar muito a sério o que as pessoas nos dizem quando estão com raiva, mas, mesmo assim, fiquei remoendo o que ela tinha dito sobre minhas posições políticas, talvez porque houvesse alguma verdade naquilo, para todos nós, e ela já tinha dito coisas semelhantes em ocasiões anteriores. Eu me lembro de ter pensado: ela não vai durar muito tempo no Partido. Ela tem suas próprias ideias, e elas são fortes e estranhas.

"Tudo isso me voltou à cabeça hoje à tarde, quando fugi daquele taxista. Se fosse a June, a June de 1945, não a June que desistiu totalmente da política, teria passado meia hora conversando animada sobre política europeia com aquele sujeito, indicando os livros certos, anotando o nome dele para que pudesse receber as correspondências do Partido e, vai saber, talvez até conseguindo que ele se filiasse. Ela estaria disposta a perder o voo."

Levantamos nossas garrafas e taças para dar espaço às bandejas do almoço.

"Enfim, por menor que seja, aí está outro registro para a biografia. Ela era uma melhor comunista do que eu. Mas naquele surto da estação já era possível enxergar o futuro. Dava para vislumbrar seu desencanto com o Partido, e o início de todas as mistificações que preencheram a vida dela dali em diante. Isso não foi, sem dúvida, algo repentino que se deu certa manhã na Gorge de Vis, ou o que quer que ela dissesse!"

Doía ouvir meu próprio ceticismo direcionado a mim. Passando manteiga no pãozinho congelado, senti vontade de pregar uma peça em nome de June. "Mas Bernard, e a vingança do inseto?"

"Como assim?"

"O sexto dedo de Jenny!"

"Caro rapaz, o que vamos beber com o almoço?"

Primeiro fomos ao apartamento de Günter em Kreuzberg. Deixei Bernard esperando dentro do táxi enquanto atravessava o jardim com nossas malas e subia com elas até o quarto andar da Hinterhaus. A vizinha de frente, que estava guardando a chave para mim, falava um pouco de inglês e sabia que estávamos ali por causa do Muro.

"Ruim", insistiu. "Gente demais aqui. Na loja, sem leite, sem pão, sem fruta. No U-Bahn também. Gente demais!"

Bernard pediu ao motorista que nos levasse ao Portão de Brandemburgo, mas isso acabou sendo um erro, e comecei a entender o que a vizinha de Günter quisera dizer. Havia pessoas demais, trânsito demais. As ruas, em geral já movimentadas, haviam sido tomadas por uma frota extra de Wartburgs e Trabants fumegantes em sua primeira noite de passeio turístico. As calçadas estavam abarrotadas. Agora, todo mundo, berlinenses orientais e ocidentais, assim como os forasteiros, era turista. Bandos de adolescentes de Berlim Ocidental com latas de cervejas e garrafas de *sekt* ultrapassavam nosso carro imóvel entoando cantos futebolísticos. Na escuridão do banco de trás, comecei a sentir um leve arrependimento por já não estar na *bergerie*, no alto de St. Privat, preparando a casa para o inverno. Mesmo naquela época do ano, talvez ainda se ouvisse as cigarras nas noites menos frias. Então, me lembrando da história que Bernard contara no avião, rechacei meu arrependimento com a determinação de obter dele o que desse enquanto estivéssemos por aqui, e fazer reviver a biografia.

Desistimos do táxi e começamos a caminhar. Foram vinte minutos até a Coluna da Vitória. De lá, se estendendo diante de nós, estava a ampla 17 de Junho que levava até o Portão. Alguém tinha amarrado um pedaço de papelão com a inscrição "9 de Novembro" sobre a placa com o nome da rua. Centenas de pessoas se moviam na mesma direção. A meio quilômetro de distância, o Portão de Brandemburgo estava iluminado, parecendo pequeno demais, atarracado demais para sua importância global. Em sua base, a escuridão parecia se intensificar em uma faixa larga. Só ao chegar lá descobriríamos que aquilo era a multidão se aglomerando. Bernard parecia hesitante. Colocou as mãos atrás das costas e se inclinou contra um vento imaginário. Todos nos ultrapassavam.

"Quando você esteve aqui pela última vez, Bernard?"

"Sabe que nunca caminhei por aqui, em Berlim? Houve uma conferência sobre o Muro em seu sexto aniversário, em sessenta e seis. Antes disso, meu Deus! Mil novecentos e cinquenta e três. Éramos uma delegação informal de comunistas britânicos, viemos para protestar — não, isso é forte demais: viemos expressar nossa preocupação reverente ao partido alemão oriental sobre a maneira com que tinham esmagado a Revolta. Quando voltamos para a casa, passamos por sérias dificuldades com alguns camaradas."

Duas jovens com jaquetas de couro pretas, calças *jeans* justas e botas de caubói com rebites prateados passaram por nós. Estavam de braços dados e reagiam com indiferença, ao invés de desafio, aos olhares que atraíam. Ambas tinham o cabelo pintado de preto. Os rabos de cavalo idênticos balançando em suas costas completavam uma referência casual aos anos cinquenta. Mas não aos anos cinquenta de Bernard, imaginei. Ele as observava com o cenho levemente franzido. Curvou-se para sussurrar uma confidência em meu ouvido. Não chegava a ser necessário, pois não havia ninguém por perto, e tudo que se ouvia ao redor era o som de vozes e passos.

"Desde que ela morreu, comecei a olhar para moças jovens. Claro, isso é patético na minha idade. Mas não é para os corpos que eu olho, é mais para os rostos. Fico procurando algum vestígio dela. Virou hábito. Estou sempre procurando um gesto, uma expressão, alguma coisa nos olhos ou no cabelo, qualquer coisa que a mantenha viva para mim. Não estou procurando a June que você conheceu, senão estaria matando senhoras idosas de susto. Procuro a garota com quem me casei..."

June na fotografia emoldurada. Bernard pousou a mão em meu braço.

"Tem outra coisa. Nos primeiros seis meses, eu não conseguia tirar da cabeça a ideia de que ela tentaria se comunicar comigo. Parece que é uma coisa bem comum. O luto gera superstições."

"Não se encaixa no seu esquema científico." Eu me arrependi da leviandade do comentário, mas Bernard assentiu com a cabeça.

"Exatamente, e assim que me senti mais forte voltei a mim. Mas por algum tempo não conseguia parar de pensar que se o mundo, por alguma razão absurda, fosse realmente como ela imaginava, então sem dúvida ela tentaria entrar em contato para me dizer que eu estava errado e ela, certa — que havia um Deus, vida eterna, um local para onde ia a consciência. Essa bobagem toda. E que, de alguma forma, ela faria isso através de uma garota parecida com ela. E algum dia uma dessas garotas viria até mim com um recado."

"E agora?"

"Agora é um hábito. Eu olho para uma garota e a julgo pelo quanto ela tem de June. Essas que acabam de passar por nós..."

"Sim?"

"A da esquerda. Não viu? Tem a boca de June, e um pouco das maçãs do rosto."

"Não vi o rosto dela."

Bernard apertou meu braço com mais força. "Preciso lhe perguntar isso, porque está na minha cabeça. Faz muito tempo que eu quero lhe fazer esta pergunta. Por acaso ela falou coisas muito pessoais — sobre mim e ela?"

A lembrança desconfortável do "tamanho" que Bernard "escolheu" me fez hesitar. "Claro. Você nunca saía da cabeça dela."

"Mas que tipo de coisa?"

Por estar omitindo certos detalhes embaraçosos, senti que lhe devia outros. "Bem, hã, ela me contou sobre a primeira vez que vocês... sobre a primeira vez de vocês."

"Ah." Bernard tirou a mão do meu braço e a colocou no bolso. Caminhamos em silêncio enquanto ele pensava naquilo. Mais adiante, vimos um amontoado de veículos de mídia, salas de controle móveis, antenas parabólicas, gruas e caminhões-geradores estacionados em uma fila desconjuntada bem no meio da 17 de Junho. Sob as árvores do Tiergarten, trabalhadores alemães descarregavam um par de banheiros químicos verde-escuros. Músculos diminutos se contraíram ao longo do contorno da mandíbula enorme de Bernard. Sua voz estava distante. Ele estava prestes a ficar irritado.

"E é sobre esse tipo de coisa que você vai escrever?"

"Bem, eu ainda nem comecei..."

"Você por acaso cogitou levar em consideração o que eu sinto?"

"Desde o início, a ideia é mostrar a você tudo que eu escrever. Você sabe disso."

"Por Deus! O que ela estava pensando ao contar esse tipo de coisa a você?"

Tínhamos alcançado a primeira das antenas parabólicas. Do meio da escuridão, copos de café vazios, feitos de isopor, rolavam até nós, impulsionados pela brisa. Bernard pisou em um deles. Da multidão reunida diante do Portão, ainda a mais de cem metros de distância, vieram aplausos. Palmas tolas e bem-intencionadas, como as da plateia de um concerto ao ver o piano de cauda ser colocado no palco.

"Olhe, Bernard, o que ela me contou não foi mais íntimo do que sua história da briga na estação. Se quer saber, o foco foi no passo ousado que aquilo representou para uma moça tão jovem naquela época, provando o quanto ela se sentia atraída por você. E, para ser sincero, você se sai muito bem na história. Parece que você era, bem, excelente nesse tipo de coisa — ela usou a palavra gênio. Ela me contou que você saltou pelo quarto e abriu uma janela durante uma tempestade e fez barulhos de Tarzan e milhares de folhas voaram para dentro..."

Bernard teve de gritar mais alto que o rugido de um gerador a diesel. "Minha nossa! Isso não foi nessa vez! Foi dois anos depois. Foi na Itália, quando estávamos morando no andar de cima do velho Massimo e de sua mulher magricela. Eles não permitiam nenhum barulho na casa. Então fazíamos ao ar livre, no campo, onde desse. Então uma noite caiu uma tempestade terrível que nos obrigou a ficar dentro de casa, e fazia tanto barulho que eles não tinham como nos ouvir."

"Bem", comecei a dizer. A raiva de Bernard tinha se transferido para June.

"O que ela queria inventando uma coisa dessas? Manipular a história, é claro! Nossa primeira vez foi um desastre, um maldito desastre completo. Ela reescreveu tudo para a versão oficial. O bom e velho retoque."

"Se você quiser esclarecer as coisas..."

Bernard me lançou um olhar rápido de desprezo concentrado e se afastou ainda mais, dizendo:

"Escrever sobre a vida sexual de uma pessoa como se fosse um evento aberto ao público não é bem minha ideia de biografia. É a isso que você acha que a vida se resume, no fim das contas? Trepar por aí? Triunfos e fracassos sexuais? Vale tudo pela diversão?"

Estávamos passando pelo caminhão de uma emissora de TV. Enxerguei de relance mais ou menos uma dúzia de monitores, todos mostrando a mesma imagem de uma repórter encarando, com olhar severo, as anotações que segurava em uma das mãos, enquanto na outra segurava de qualquer jeito um microfone dependurado de um cabo. A multidão soltou um suspiro profundo, um gemido longo e crescente de reprimenda que começou a ganhar volume até se tornar um rugido.

Bernard mudou de ideia de repente. Virou-se para mim. "Mas, meu Deus, você quer tanto saber", gritou. "Vou dizer uma coisa. Talvez minha esposa se interessasse pela verdade poética, ou pela verdade espiritual, ou por sua própria verdade particular, mas ela não dava a mínima para a *verdade*, para os fatos, para o tipo de verdade que duas pessoas conseguiriam reconhecer de forma independente. Ela criava padrões, inventava mitos. Depois encaixava os fatos neles. Pelo amor de Deus, esqueça o sexo. Aqui está seu assunto — como pessoas como June distorcem os fatos para que se encaixem em suas ideias, em vez de fazerem o oposto. Por que as pessoas fazem isso? Por que continuam fazendo isso?"

Eu estava hesitando em dar a resposta óbvia quando alcançamos a multidão. Duas ou três mil pessoas tinham se reunido na esperança de assistir ao Muro caindo em seu ponto mais importante e simbólico. Nos blocos de concreto de três metros e meio de altura que ladeavam o acesso ao Portão, uma fileira de soldados alemães orientais, jovens e nervosos, estavam em posição de descanso, virados para o oeste. Estavam com os revólveres de serviço escondidos às suas costas. Um oficial percorria a fileira de uma ponta à outra, fumando e observando a multidão. Por trás dos soldados se erguia a fachada chispante e iluminada do Portão de Brandemburgo, com a bandeira da República Democrática Alemã se agitando levemente. Barreiras impediam o avanço da multidão, e os gemidos de frustração deviam ter sido direcionados à polícia de Berlim Ocidental, que posicionava seus furgões em frente aos blocos de concreto. Assim que chegamos, alguém jogou uma lata de cerveja cheia em um dos soldados. Ela voou alto e rápido, com uma cauda de espuma branca realçada pelas luzes, e assim que passou por cima da cabeça do jovem soldado ouviram-se gritos frustrados em alemão, com reprimendas ao uso de violência. Ao se espalhar, o som fez com que eu me desse conta de que havia dezenas de pessoas em cima das árvores.

Não foi difícil abrir caminho até a parte da frente. Agora que estávamos em meio à multidão, ela parecia mais civilizada, mais variada do que eu tinha imaginado. Crianças pequenas sentadas nos ombros dos pais tinham uma visão tão boa quanto a de Bernard. Dois estudantes vendiam balões e sorvetes. Um velho com óculos escuros e uma bengala branca estava imóvel, com a cabeça inclinada para o lado, ouvindo com atenção. Ao redor dele, abriu-se um grande espaço vazio. Quando chegamos à barreira, Bernard apontou para um oficial da polícia de Berlim Ocidental conversando com um oficial do exército da Alemanha Oriental. "Estão conversando sobre o controle da multidão. Já estão a meio caminho da unificação."

Desde seu ataque de fúria, Bernard se tornara distante a seu modo. Olhava ao redor com uma expressão fria e altiva, difícil de conciliar com a empolgação da manhã daquele dia. Era como se aquelas pessoas e o evento exercessem um certo fascínio, mas só até certo ponto. Depois de meia hora, ficou óbvio que nada aconteceria para satisfazer a multidão. Não havia nenhum guindaste à vista para extrair pedaços do Muro, nenhum maquinário pesado para afastar os blocos de concreto. Mas Bernard queria ficar. Então ficamos ali, no frio. Uma multidão é uma criatura vagarosa e estúpida, bem menos inteligente do que qualquer um de seus membros. Aquela estava preparada para ficar ali a noite inteira, com paciência canina, esperando algo que todos sabíamos que não poderia acontecer. Comecei a me irritar. Em outros pontos da cidade aconteciam celebrações animadas; ali, havia apenas certa paciência embotada e a calma senatorial de Bernard. Mais uma hora se passou até eu conseguir convencê-lo a caminhar comigo na direção do Checkpoint Charlie.

Estávamos numa trilha enlameada, às margens do Muro, cujas pichações chamativas pareciam monocromáticas à luz dos postes. À nossa direita, prédios abandonados, terrenos baldios com rolos de arame, pilhas de escombros e o mato do último verão, ainda alto.

Eu não estava mais disposto a reprimir minha pergunta.

"Mas você ficou dez anos no Partido. Deve ter distorcido uma boa quantidade de fatos para conseguir permanecer."

Eu queria sacudir aquela calma presunçosa. Mas ele encolheu os ombros, apertou o sobretudo contra o corpo e respondeu: "É claro".

Fez uma pausa para um grupo barulhento de estudantes americanos passar por nós em um trecho apertado entre o Muro e um prédio abandonado. "Como é mesmo aquela frase de Isaiah Berlin que todos vivem citando, especialmente hoje em dia, sobre o caráter fatal das utopias? Ele diz: se tenho certeza de que sei como conceder à humanidade paz, justiça, felicidade, criatividade sem limites, que preço seria alto demais? Para fazer essa omelete, não pode haver limites quanto ao número de ovos que eu talvez tenha que quebrar. Sabendo o que sei, não estaria cumprindo meu dever se não pudesse aceitar que milhares talvez precisem morrer agora para que milhões possam ser felizes para sempre. Na hora não é assim que vemos as coisas, mas é a visão correta. Ignorar ou moldar alguns fatos desconfortáveis em nome da causa da unidade do Partido não é nada perto da torrente de mentiras daquilo que chamávamos de máquina de propaganda capitalista. Assim, você segue em frente com as boas obras, e nesse tempo todo a maré está subindo ao seu redor. Como fomos retardatários, June e eu já começamos com água pelos tornozelos. As notícias que não queríamos ouvir estavam vazando. Os julgamentos de fachada e os expurgos dos anos trinta, a coletivização forçada, as transferências em massa, os campos de trabalho, a censura, as mentiras, a perseguição, o genocídio... As contradições acabam sendo tantas que você não resiste e implode. Mas isso sempre acontece mais tarde do que deveria. Saí em cinquenta e seis, quase saí em cinquenta e três, e deveria ter saído em quarenta e oito. Mas você insiste. Você se convence de que as ideias são boas mas as pessoas erradas estão no poder, e de que isso vai mudar. E você não pode deixar que todo esse belo trabalho seja desperdiçado. Você se convence de que sabia desde sempre que seria difícil, e de que a prática ainda não alcançou a teoria, de que tudo leva tempo. Você se convence de que a maioria das coisas que ouve falar são calúnias da Guerra Fria. E como você poderia estar tão errado, como tantas pessoas inteligentes, corajosas e benévolas poderiam estar erradas?

"Se eu não tivesse formação científica, acho que talvez tivesse insistido por mais algum tempo. O trabalho em laboratório é a melhor escola para se aprender como é fácil distorcer um resultado para que se encaixe em uma teoria. Nem é questão de desonestidade. Faz parte da nossa natureza — nossos desejos permeiam nossas percepções. Um experimento bem projetado tem proteções contra isso, mas esse em especial estava fora de controle havia muito tempo. A fantasia e a realidade estavam me rasgando ao meio. A Hungria foi a última gota. Eu implodi."

Fez uma pausa antes de declarar em tom ponderado: "E essa é a diferença entre June e eu. Ela saiu do Partido anos antes de mim, mas nunca implodiu, nunca separou a fantasia da realidade. Ela trocou uma utopia por outra. Política ou sacerdotisa, não importa, na essência ela era linha-dura...".

Foi assim que chegou minha vez de perder a calma. Estávamos passando por aquele trecho de terreno devastado e Muro ainda conhecido como Potsdamerplatz, abrindo caminho por entre grupos de amigos reunidos em volta dos degraus da plataforma de observação e do quiosque de suvenires, esperando alguma coisa acontecer. Naquele momento, o que me chamou a atenção não foi apenas a injustiça dos comentários de Bernard, mas uma impaciência terrível com a dificuldade de comunicação, e uma imagem de espelhos paralelos no lugar de amantes sobre uma cama, lançando, em uma regressão infinita, reflexos que se desvaneciam até a inverdade. Quando me virei para atacar Bernard, meu pulso derrubou algo macio e quente da mão de um homem parado perto de mim. Era um cachorro-quente. Mas eu estava agitado demais para pedir desculpas. As pessoas na Potsdamerplatz estavam famintas por algo interessante; cabeças se viraram em nossa direção enquanto eu gritava, e um círculo começou a se formar ao nosso redor.

"Isso é besteira, Bernard! Pior, você está sendo maldoso! Você é um mentiroso!"

"Meu caro rapaz."

"Você nunca escutou o que ela falava para você. Ela também não lhe escutava. Vocês se acusavam da mesma coisa. Ela não era mais linha-dura que você. Dois molengas! Um fazia o outro carregar a própria culpa."

Às minhas costas, ouvi minhas últimas palavras sendo traduzidas para o alemão em um sussurro baixo e rápido. Bernard estava tentando me conduzir para fora do círculo. Mas eu estava estimulado pela minha raiva, e não arredava o pé.

"Ela me disse que sempre amou você. Você disse a mesma coisa. Como vocês puderam desperdiçar tanto tempo, e o tempo de todo mundo, e dos seus filhos...?"

Foi essa última acusação incompleta que rompeu o constrangimento de Bernard. Sua boca se crispou em uma linha fina e ele deu um passo para longe de mim. Minha raiva sumiu de repente, e em seu lugar surgiu o inevitável remorso; quem era aquele insolente que ousava descrever aos berros um casamento que já existia quando ele nasceu, bem debaixo do nariz daquele distinto cavalheiro? A multidão tinha perdido o interesse e aos poucos regressava à fila para as torres de vigia em miniatura, os cartões-postais da terra de ninguém e as praias vazias da faixa da morte.

Estávamos seguindo em frente. Eu estava transtornado demais para pedir desculpas. Minha única retratação foi um tom de voz mais baixo e uma razoabilidade fingida. Caminhávamos lado a lado, mais rápido do que antes. O turbilhão de sentimentos de Bernard, por sua vez, estava nítido na ausência de expressão de seu rosto.

Eu disse: "Ela não passou de uma utopia fantástica para outra. Era uma busca. Ela não afirmava ter todas as respostas. Era uma jornada, na qual ela gostaria que todos estivessem, cada qual a seu modo, mas não estava forçando ninguém. Como poderia? Não estava armando uma inquisição. Ela não se interessava por dogmas ou por religiões organizadas. Era uma viagem espiritual. A descrição de Isaiah Berlin não se aplica. Não havia um objetivo derradeiro em nome do qual ela teria sacrificado outras pessoas. Não havia ovos a serem quebrados...".

A perspectiva de um debate reanimou Bernard. Ele reagiu rapidamente, e me senti perdoado na mesma hora. "Você está errado, meu caro rapaz, muito errado. Dizer que ela estava em uma jornada não altera suas tendências absolutistas. Ou você estava com ela, fazendo o que ela fazia, ou estava fora. Ela queria meditar e estudar textos místicos, esse tipo de coisa, e não havia nenhum problema nisso, só não era para mim. Eu preferi me filiar ao Partido Trabalhista. Ela não aceitava isso. No fim das contas, insistiu para que morássemos em casas separadas. Eu fui um dos ovos. Nossos filhos foram alguns dos outros."

Enquanto Bernard falava, me perguntei o que passava pela minha cabeça ao tentar reconciliá-lo com uma esposa morta.

Então, assim que ele terminou, sinalizei, com as mãos abertas, que aceitava seus argumentos e perguntei: "Bem, do que você sentiu falta quando ela morreu?".

Tínhamos chegado a um dos pontos ao longo do Muro em que a cartografia e alguma obstinação política havia muito esquecida tinham forçado uma curva repentina, uma mudança na direção das fronteiras do setor, revertida após uns poucos metros. Bem ao lado da curva havia uma plataforma de observação deserta. Sem dizer nada, Bernard começou a subir os degraus, e eu fui atrás. Ao chegar no alto, ele apontou.

"Olha só."

De fato, a torre de observação do lado oposto já estava vazia, e aos pés dela, sob o brilho claro de luzes florescentes, avançando tranquilamente por sobre a areia rajada que escondia minas terrestres, armadilhas explosivas e armas automáticas, dezenas de coelhos procuravam grama para mordiscar.

"Bem, alguma coisa floresceu."

"A hora deles está chegando."

Ficamos ali por algum tempo, em silêncio. Tínhamos voltado nosso olhar para o Muro, que na verdade eram dois muros, separados por cento e cinquenta metros naquele ponto. Eu nunca tinha visitado a divisa à noite, e, ao encarar aquele corredor amplo de arame farpado, areia, passagens de serviço e postes de iluminação simétricos, me chocou a claridade inocente, a afronta descarada; os estados tradicionalmente mantêm suas atrocidades bem escondidas, mas ali a propaganda era mais escandalosa que qualquer neon da Kurfürstendamm.

"Utopia."

Bernard suspirou, e talvez estivesse prestes a responder quando ouvimos vozes e risadas vindas de direções diferentes. Então a plataforma de observação começou a tremer enquanto pessoas escalavam às pressas os degraus de madeira. Nosso isolamento tinha sido mero acaso, um buraco na multidão. Em poucos segundos, quinze outras pessoas se espremiam ao nosso redor, disparando câmeras e tagarelando empolgados em alemão, japonês e dinamarquês. Abrimos caminho para descer por entre o fluxo que subia e seguimos nosso caminho.

Presumi que Bernard tinha se esquecido da minha pergunta, ou preferido não responder, mas assim que nosso caminho chegou aos degraus do antigo prédio do Reichstag, ele disse: "O que mais me faz falta é a seriedade dela. Ela foi uma das poucas pessoas que conheci que encarava a própria vida como um projeto, uma empreitada, algo a ser controlado e conduzido na direção da, bem, da compreensão, da sabedoria — em seus próprios termos particulares. A maioria de nós dedica nosso planejamento futuro a dinheiro, carreira, filhos, esse tipo de coisa. June queria entender, sabe Deus o quê, a si mesma, a existência, a 'criação'. Era muito impaciente com o resto das pessoas, nós que nos deixamos levar, que fazemos uma coisa após a outra, que somos 'sonâmbulos', como ela chamava. Eu odiava as bobagens que ela tinha na cabeça, mas amava sua seriedade".

Tínhamos chegado à borda de um grande buraco, uma vala com quase vinte metros de comprimento no nível do porão em um terreno com montes de terra. Bernard se deteve ali e prosseguiu: "Nós dois, ao longo dos anos, ou brigamos ou ignoramos um ao outro, mas você tem razão, ela me amava, e quando isso é tirado de você...". Ele indicou o buraco com um

86

gesto. "Andei lendo sobre isso. É o antigo quartel-general da Gestapo. Estão escavando, pesquisando o passado. Não creio que alguém da minha geração aceitaria uma coisa dessas — crimes da Gestapo neutralizados pela arqueologia."

Vi então que a vala tinha sido escavada ao longo do contorno do que um dia devia ter sido um corredor de acesso à série de celas forradas de azulejos brancos que olhávamos do alto. Cada uma delas mal comportava um prisioneiro, e em todas havia duas argolas de ferro presas à parede. Em um dos extremos do terreno existia um prédio baixo, o Museu.

Bernard disse: "Vão encontrar uma unha extraída de algum pobre coitado, limpar bem e enfiar num recipiente de vidro com um rótulo. E a quase um quilômetro daqui, a Stasi também estará limpando as próprias celas". A amargura em sua voz me surpreendeu, e me virei para encará-lo. Ele apoiou o próprio peso num poste de ferro. Parecia exausto e mais magro do que nunca, ele mesmo parecendo um poste dentro de seu casaco. Estava em pé havia quase três horas, e suas forças também tinham sido drenadas pela raiva residual de uma guerra que apenas os velhos e fracos lembrariam por experiência própria.

"Você precisa descansar", falei. "Tem um café bem ali, ao lado do Checkpoint Charlie."

Eu não tinha ideia da distância. Enquanto o conduzia, percebi como seus passos estavam rígidos e vagarosos. Eu me culpei pela negligência. Estávamos atravessando uma rua transformada em beco pelo Muro. Banhado pela iluminação pública, o rosto de Bernard era de um cinza suado, e seus olhos pareciam brilhantes demais. A mandíbula imensa, aspecto mais simpático daquele rosto gigantesco, exibia um leve tremor de senilidade. Eu me vi apanhado entre a necessidade de apressar seus passos na direção de calor e comida e o medo de que ele sofresse um colapso a qualquer momento. Eu não tinha a menor ideia de como pedir uma ambulância em Berlim Ocidental, e ali, nas orlas abandonadas da divisa, não havia telefones, e até os alemães eram turistas. Perguntei se queria se sentar e descansar, mas ele não deu sinais de me ouvir.

Eu estava repetindo a pergunta quando ouvi a buzina de um carro e gritos irregulares. A iluminação concentrada do Checkpoint Charlie projetava um halo luminoso por detrás de um prédio vazio à nossa frente. Em pouco minutos emergimos bem ao lado do café e diante de nós estava a cena familiar, quase em câmera lenta e onírica, que eu tinha assistido com Jenny naquela manhã; a mobília fronteiriça das casas de guarda, as placas em vários idiomas e os portões listrados, e os cidadãos simpáticos ainda saudando os pedestres do leste, ainda dando socos em tetos de Trabants, mas agora com menos paixão, como que para demonstrar uma diferença entre o drama televisivo e a vida real.

Segurei o braço de Bernard quando fizemos uma pausa para fruir aquilo. Então avançamos pelas bordas da multidão rumo à entrada do café. Mas as pessoas por quem passávamos estavam em uma fila. Só entravam no estabelecimento quando vagava algum lugar. Quem cederia uma mesa àquela hora da noite? Através das janelas embaçadas pela condensação pudemos ver os clientes privilegiados comendo e bebendo envoltos num ar abafado.

Eu estava prestes a forçar nossa entrada, alegando necessidade médica, quando Bernard se soltou e se afastou de mim às pressas para atravessar a rua na direção da ilha em meio ao tráfego na qual a maior parte da multidão se encontrava, ao lado da casa de guarda americana. Até então, eu não tinha visto o que ele vira. Mais tarde, ele me garantiu que todos os elementos da situação já estavam em seus lugares assim que chegamos, mas foi só quando chamei seu nome e fui atrás dele que vi a bandeira vermelha. Estava presa a um mastro curto, talvez um cabo de vassoura serrado, empunhado por um homem magro de vinte e poucos anos. Parecia turco. Tinha cachos pretos e roupas pretas — um jaquetão preto sobre uma camiseta preta e *jeans* preto. Caminhava a passos largos de uma ponta à outra da multidão, com o queixo virado para cima, a bandeira no mastro apoiada no ombro. Quando deu um passo atrás e se viu no caminho de um Wartburg, se negou a arredar pé, e o carro foi obrigado a fazer uma manobra para desviar.

A provocação estava começando a funcionar, e foi isso que atraiu Bernard para a rua. Os antagonistas do rapaz eram um grupo heterogêneo, mas o que enxerguei naquele primeiro momento foram dois homens de terno — empresários ou advogados — próximos ao meio-fio. Quando o rapaz passou, um deles lhe deu uma batidinha com os dedos logo abaixo do queixo. Não chegou a ser um golpe, mas uma expressão de desprezo. O revolucionário romântico recuou bruscamente e fingiu que nada tinha acontecido. Uma senhora idosa com um chapéu de pele gritou uma frase longuíssima para o rapaz e ergueu um guarda-chuva. Foi contida pelo cavalheiro ao seu lado. O porta-bandeira ergueu mais alto o estandarte. O segundo homem com jeito de advogado deu um passo à frente e lhe deu um soco no ouvido. Não acertou em cheio, mas foi o suficiente para o rapaz cambalear. Sem se dignar a encostar a mão no lado da cabeça que tinha levado o soco, ele continuou seu desfile. A essa altura, Bernard já tinha atravessado metade da rua, e eu vinha logo atrás.

Por mim, o porta-bandeira podia receber o que estava pedindo. Eu estava preocupado com Bernard. Ele parecia ter problemas no joelho esquerdo, mas mancava à minha frente a um ritmo constante. Já tinha percebido o que aconteceria em seguida, uma manifestação mais grave, que veio correndo da direção da Kochstrasse. Eram meia dúzia, e chegaram se ofendendo uns aos outros. Ouvi as palavras que usavam nas ofensas, mas naquele momento as ignorei. Preferi pensar que uma longa noite na cidade em festa os tinha deixado sedentos por ação. Tinham visto um homem levar um soco no ouvido, e ficaram revigorados. Tinham entre dezesseis e vinte anos. Coletivamente, exalavam uma crueldade subdesenvolvida, um ar extravagante de classe destituída, com sua palidez acneica, a cabeça raspada, e boca mole e molhada. Ao perceber que avançavam em sua direção, o turco virou a cabeça como um dançarino de tango e lhes deu as costas. Estar ali, fazendo aquilo no dia da desgraça derradeira do comunismo mostrava um fervor de mártir ou uma insondável pulsão masoquista por ser espancado em público. A maior parte da multidão o teria considerado um maluco, é verdade, e o ignorado. Berlim era um lugar tolerante, afinal de contas. Mas naquela noite havia embriaguez suficiente, e algumas pessoas tinham a vaga sensação de que alguém deveria levar a culpa por alguma coisa — e o homem com a bandeira parecia ter topado com todas elas em um lugar só.

Alcancei Bernard e coloquei minha mão em seu braço. "Fique fora disso, Bernard. Você pode se machucar."

"Que bobagem", ele respondeu, e se desvencilhou.

Chegamos perto do jovem rapaz vários segundos antes dos garotos. Ele tinha um cheiro forte de patchouli, que, na minha opinião, não era o verdadeiro perfume do pensamento marxista-leninista. Sem dúvida era uma fraude. Só tive tempo de dizer "Venha cá", e ainda estava puxando o braço de Bernard quando a gangue chegou. Ele se postou entre os garotos e a vítima e abriu os braços.

"Ora, vamos", ele disse, com o antiquado tom de voz ao mesmo tempo amável e severo de um policial inglês. Será que realmente achou que era velho demais, alto e magro demais, célebre demais para apanhar? Os garotos estancaram de repente e se amontoaram, ofegantes, a cabeça inquieta, a língua de fora, confusos com aquele varapau, aquele espantalho de sobretudo que se meteu em seu caminho. Vi que dois deles tinham suásticas prateadas espetadas na lapela. Outro tinha uma tatuagem de suástica em um dos dedos. Não ousei me virar para conferir, mas tive a impressão de que o turco estava aproveitando a oportunidade para enrolar a bandeira e escapulir. Os homens com jeito de advogado, surpresos com o que sua própria violência tinha evocado, recuaram até o meio da multidão para assistir.

Olhei ao meu redor em busca de ajuda. Um sargento americano e dois soldados nos deram as costas enquanto caminhavam para conversar com seus congêneres da Alemanha Oriental. Entre os garotos, a confusão se transformava em raiva. De repente, dois deles flanquearam Bernard, mas o porta-bandeira já tinha aberto caminho por entre a multidão e agora subia a rua correndo. Virou a esquina na Kochstrasse e sumiu.

Os dois o perseguiram sem muito ânimo e depois voltaram até nós. Teriam de se contentar com Bernard.

"Agora sumam", ele disse, animado, espantando os garotos com o dorso das mãos. Eu estava pensando se era mais compreensível ou mais desprezível que essas pessoas com suásticas fossem alemãs, quando o menor deles, um molequinho de cabeça minúscula com uma jaqueta de aviador, avançou de repente e chutou a canela de Bernard. Escutei o ruído surdo da bota no osso. Com um suspiro discreto e surpreso, Bernard caiu, dobrando-se aos poucos sobre a calçada.

A multidão emitiu um gemido de reprimenda, mas ninguém se mexeu. Dei um passo à frente, tentei dar um soco no garoto e errei. Mas ele e seus amigos não estavam interessados em mim. Estavam se amontoando em volta de Bernard, prontos, imaginei, para matá-lo aos pontapés. Uma última espiada na direção da casa de guarda não revelou nenhum sinal do sargento ou dos soldados. Puxei um dos garotos pela gola e estava tentando alcançar outro. Eram muitos para mim. Enxerguei duas, talvez fossem três, botas negras prontas para chutar.

Mas não se moveram. Ficaram congeladas onde estavam, pois naquele exato momento surgiu da multidão uma figura que rodopiou ao nosso redor como um turbilhão, açoitando os garotos com frases curtas e ríspidas. Era uma garota furiosa. Tinha o poder das ruas. Tinha credibilidade. Era sua contemporânea, um objeto de desejo e aspiração. Era uma estrela, e os tinha apanhado sendo desprezíveis, até mesmo para os próprios padrões.

A força de seu desprezo era sexual. Os garotos achavam que eram homens, e ela os estava reduzindo a crianças malcriadas. Não podiam se permitir serem vistos recuando diante dela, assustados. Mas era exatamente o que estavam fazendo, ainda que os sinais exteriores fossem risadas, muitos gestos de desdém e insultos que ninguém ouviu. Fingiam para si mesmos e uns para os outros que tinham se entediado de repente, que as coisas estavam mais interessantes em outro lugar. Começaram a voltar para a Kochstrasse, mas a mulher não se calou. Talvez eles preferissem correr dela, mas o protocolo lhes obrigava a manter uma postura forçada de insolência. Enquanto ela os seguia pela rua, gritando e agitando o punho cerrado, eles tinham de continuar assoviando com os dedos enganchados nos bolsos dos *jeans*.

Eu estava ajudando Bernard a se levantar. Foi só quando a garota voltou para ver como ele estava, e sua amiga, vestida de forma idêntica à sua, surgiu a seu lado, que reconheci as duas como a dupla que tinha passado zunindo por nós na rua 17 de Junho. Juntos, ajudamos Bernard a se erguer enquanto ele tentava apoiar o peso na perna. Não parecia estar quebrada. Parte da multidão o aplaudiu quando ele colocou o braço sobre meu ombro e nos afastamos trôpegos do Checkpoint.

Levamos vários minutos para chegar à esquina da rua onde esperávamos encontrar um táxi. Nesse meio-tempo, eu estava ansioso para que Bernard reconhecesse a identidade de sua salvadora. Perguntei como ela se chamava — Grete — e repeti o nome para ele. Bernard estava concentrado na dor, com o corpo recurvado, e talvez estivesse ligeiramente em choque, mas eu insisti, em nome de... do quê, mesmo? De abalar o racionalismo? O dele? O meu?

Por fim Bernard ergueu a mão na direção da garota, para que ela a segurasse, e disse: "Grete, obrigado, minha cara. Você salvou a minha pele". Mas não olhou para ela enquanto falava.

Na Kochstrasse, imaginei que teria tempo para saber mais sobre Grete e sua amiga Diane, mas assim que chegamos vimos passageiros desembarcando de um táxi e fizemos sinal para ele. Então veio o intervalo em que ajudamos Bernard a entrar no carro, e os agradecimentos e despedidas e novos agradecimentos, durante os quais esperei que ele finalmente desse uma espiada em seu anjo da guarda, a encarnação de June. Acenei para as garotas pelo vidro traseiro quando começaram a se afastar, e, antes de dar o endereço ao motorista, perguntei a Bernard: "Não reconheceu as duas? Eram aquelas com quem cruzamos no Portão de Brandemburgo, quando você me contou que costumava esperar um recado da...".

Bernard estava se acomodando, recostando a cabeça no apoio, e me interrompeu com um suspiro. Falou com impaciência, olhando para o teto acolchoado do carro, a poucos centímetros de seu nariz. "Sim. Que coincidência. Agora, Jeremy, tenha a bondade de me levar para casa!"

Parte III

MAJDANEK. LES SALCES.
ST. MAURICE DE NAVACELLES
1989

NO DIA SEGUINTE, Bernard não arredou pé do apartamento em Kreuzberg. Ficou deitado em um sofá na minúscula sala de estar, mal-humorado, preferindo assistir televisão a conversar. Um médico amigo de Günter apareceu para examinar a perna machucada. Era bem provável que nada estivesse quebrado, mas ele recomendou que fizesse uma radiografia em Londres. Saí para dar uma volta no final da manhã. As ruas tinham um aspecto de ressaca, com latas de cerveja, garrafas espatifadas e, em volta das barraquinhas de cachorro-quente, guardanapos de papel melecados de mostarda e ketchup. À tarde, enquanto Bernard dormia, li os jornais e anotei nossas conversas do dia anterior. A noite chegou e ele continuava sem dizer nada. Saí para dar outra volta e tomei uma cerveja em um *Kneipe* das redondezas. As festividades estavam recomeçando, mas eu já tinha visto o suficiente. Voltei ao apartamento depois de uma hora, e às dez e meia nós dois estávamos dormindo.

Na manhã seguinte, apenas uma hora separava o voo de Bernard para Londres e o meu para Montpellier, com escalas em Frankfurt e Paris. Eu tinha combinado com um dos irmãos de Jenny para que o buscasse em Heathrow. Bernard estava mais animado. Capengou pelo terminal do Tegel, combinando bem com a bengala emprestada, que usou para chamar um funcionário da companhia aérea e lembrá-lo da cadeira de rodas que tinha sido requisitada. O funcionário garantiu que ela estaria à espera de Bernard no portão de embarque.

Enquanto caminhávamos nessa direção, falei: "Bernard, eu queria lhe perguntar uma coisa sobre os cães de June…".

Ele me interrompeu. "Para a biografia? Vou lhe dizer uma coisa. Pode esquecer todas aquelas bobagens de 'face a face com o mal'. Jargão religioso. Mas fui eu que contei a ela a história do cão negro de Churchill, sabia? Lembra disso? O nome que ele deu para as depressões de que sofria de tempos em tempos. Acho que pegou a expressão de Samuel Johnson. A ideia de June era a seguinte: se um cão representava uma depressão particular, dois cães eram uma espécie de depressão cultural, os piores humores da civilização. Não é uma má ideia, sinceramente. Fiz uso dela diversas vezes. Isso passou pela minha cabeça no Checkpoint Charlie. Não foi a bandeira vermelha, sabe. Acho que eles nem a viram. Você ouviu o que estavam gritando?"

"Ausländer raus."

"Fora, estrangeiros. O Muro cai e todos começam a dançar pelas ruas, mas sem demora..."

Tínhamos chegado ao portão de embarque. Um homem de uniforme com galões manobrou a cadeira de rodas por trás de Bernard, que se sentou aos poucos, suspirando.

"Mas minha pergunta não era essa", falei. "Ontem eu estava relendo minhas anotações antigas. Na última vez em que a encontrei, June pediu para que eu perguntasse a você o que o *Maire* de St. Maurice de Navacelles falou dos cães quando vocês almoçaram no café naquela tarde..."

"No Hôtel des Tilleuls? Sobre para que aqueles cães tinham sido treinados? Um caso exemplar. A história do *Maire* simplesmente não era verdadeira. Ou no mínimo não havia como ter certeza. Mas June escolheu acreditar nela, porque se encaixava com perfeição. Eis um caso exemplar de como distorcer os fatos para se encaixarem na ideia."

Entreguei as malas de Bernard para o comissário de bordo, que as guardou atrás da cadeira de rodas. Então ficou parado com as mãos prontas para empurrar, esperando que terminássemos. Bernard se recostou com a bengala no colo. Fiquei incomodado por ver meu sogro tão à vontade no papel de inválido.

"Mas Bernard", insisti. "Qual era a história? Para que ele disse que os cães tinham sido treinados?"

Bernard sacudiu a cabeça. "Outra hora. Meu caro rapaz, obrigado por ter vindo comigo." Então ergueu a bengala com

97

ponta de borracha, parte em saudação, parte como um sinal para o comissário, que meneou a cabeça para mim e saiu empurrando a cadeira com o passageiro.

Eu estava inquieto demais para fazer bom uso da minha hora de espera. Fiquei parado diante do bar, me perguntando se precisava tomar mais um café ou comer uma última coisa alemã. Na livraria, dei uma olhada em tudo, mas não comprei nem um jornal, havia me fartado com eles por três horas no dia anterior. Eu ainda tinha vinte minutos, tempo suficiente para perambular sem rumo de novo pelo terminal. Muitas vezes, quando estou em trânsito em um aeroporto estrangeiro, e não a caminho da Inglaterra, dou uma espiada no quadro de partidas em busca dos voos para Londres a fim de testar a atração exercida sobre mim pela minha casa, por Jenny, pela família. Quando percebi que só havia o anúncio de um único voo — no mapa dos voos interacionais, Berlim ficava na periferia —, o que me veio à mente foi uma de minhas lembranças mais antigas da minha esposa, instigada por algo que Bernard tinha acabado de dizer.

Em outubro de 1981, estive na Polônia como integrante de uma delegação cultural amorfa a convite do governo polonês. Na época, eu administrava uma companhia de teatro provinciana, razoavelmente bem-sucedida. No grupo havia um romancista, um crítico de arte de um jornal, um tradutor e dois ou três burocratas da cultura. A única mulher era Jenny Tremaine, que representava uma instituição com base em Paris e financiada por Bruxelas. Por ser ao mesmo tempo bonita e um tanto ríspida no trato, despertou a hostilidade de alguns. O romancista, em especial, excitado com o paradoxo de uma mulher atraente que não parecia impressionada com sua reputação, apostou com o crítico e um dos burocratas para ver quem conseguiria "pegá-la" primeiro. A ideia geral era a de que a srta. Tremaine, com sua pele branca e sardenta e seus olhos verdes, sua densa cabeleira ruiva, sua eficiência no uso da agenda e seu francês impecável, precisava ser posta em seu devido lugar. Em meio ao tédio inevitável de uma visita oficial, muito se cochichou noite adentro entre drinques no bar do hotel. O efeito era desanimador. Era impossível trocar algumas palavras com aquela mulher, cuja postura áspera, logo descobri, apenas escondia seu nervosismo, sem que ao fundo alguns dos outros se cutucassem e me dessem piscadelas, e me perguntassem mais tarde se eu também estava "no páreo".

O que me deixou mais irritado é que, em certo sentido, apenas em certo sentido, eu estava. Poucos dias depois de nossa chegada a Varsóvia, eu estava caído por ela, apaixonado, um caso perdido à moda antiga, e tinha me tornado uma complicação hilariante para o alegre romancista e seus companheiros. Todas as manhãs, quando a via pela primeira vez atravessando o restaurante do hotel no café da manhã em direção à nossa mesa, eu sentia um aperto tão doloroso no peito, uma sensação tão oca e estonteante no estômago, que, quando ela enfim chegava, eu não conseguia ser indiferente nem casualmente educado sem revelar aos outros o estado em que me encontrava. Meu ovo cozido e meu pão preto permaneciam intocados.

Não havia oportunidades para conversar com ela a sós. Passávamos o dia inteiro sentados em salões de comitês ou em auditórios com editores, tradutores, jornalistas, funcionários públicos e gente do Solidariedade, pois isso foi na época da ascensão do Solidariedade, e ainda que não tivéssemos como saber, estávamos a poucas semanas de seu fim, seu banimento após o golpe do general Jaruzelski. Havia apenas um assunto. A Polônia. Sua urgência rodopiava à nossa volta e nos oprimia enquanto passávamos de um quartinho escuro e encardido a outro, de uma névoa de cigarros a outra. O que era a Polônia? O que era o Solidariedade? Será que a democracia conseguiria florescer? Será que sobreviveria? Será que os russos invadiriam o país? Será que a Polônia fazia parte da Europa? E os camponeses? As filas por alimentos aumentavam a cada dia. O governo culpava o Solidariedade, e todos culpavam o governo. Pessoas marchavam nas ruas, a polícia ZOMO atacava com cassetetes, estudantes ocupavam a universidade e as discussões se estendiam noite adentro. Antes disso eu nunca tinha pensado muito na Polônia, mas no espaço de uma semana me tornei, como todos os outros, estrangeiros e poloneses, um especialista apaixonado, não nas respostas, mas no tipo certo de perguntas. Minhas próprias posições políticas entraram em desordem. Poloneses que eu admirava por instinto tentavam me convencer a apoiar os políticos ocidentais em quem eu menos confiava, e uma linguagem anticomunista — que até então eu associava a ideólogos excêntricos de direita — brotava naturalmente de todos naquele lugar onde o comunismo era uma rede de privilégios, corrupção e violência legalizada, uma doença mental, um conjunto de mentiras risíveis e improváveis e, de forma mais tangível, o instrumento de ocupação de uma potência estrangeira.

Em todos os eventos, em algum lugar, a algumas cadeiras de distância, estava Jenny Tremaine. Minha garganta doía, meus olhos ardiam por conta dos cigarros em salas sem ventilação, eu vivia tonto e enjoado por conta das noites em claro e das ressacas diárias, estava com uma gripe forte e nunca conseguia encontrar lenços para assoar o nariz, e sofria de uma febre constante. Vomitei na sarjeta a caminho de um encontro sobre o teatro polonês, para o desprezo das mulheres na fila do pão ali perto, que imaginaram que eu era um bêbado. Minha febre, minha euforia e minha aflição eram inextricavelmente ligadas a Jenny, à Polônia e ao romancista cínico e gozador e seus comparsas, que eu tinha passado a desprezar e que adoravam me considerar um concorrente e me provocar, revelando que lugar, segundo eles, eu ocupava na competição dia após dia.

No início de nossa segunda semana, Jenny me deixou atônito ao pedir que eu a acompanhasse até a cidade de Lublin, a cento e sessenta quilômetros de distância. Queria visitar o campo de concentração de Majdanek a fim de tirar fotos para uma amiga que estava escrevendo um livro. Três anos antes, em um emprego anterior de pesquisador para a televisão, eu tinha ido a Belsen e prometido a mim mesmo que jamais iria a

100

outro campo. Uma visita era necessária em nome da educação, uma segunda já era morbidez. Mas agora aquela mulher tão branca que parecia um fantasma me convidava para fazer isso. Estávamos parados diante da porta do meu quarto, logo depois do café da manhã. Mesmo que estivéssemos atrasados para o primeiro compromisso do dia, ela parecia querer uma resposta imediata. Explicou que nunca tinha visitado um campo de concentração e que preferia ir com alguém que pudesse considerar um amigo. Quando chegou nessa última palavra, passou os dedos no dorso da minha mão. Seu toque era frio. Segurei sua mão e, como ela tinha tomado a iniciativa de dar um passo na minha direção, eu a beijei. Foi um beijo demorado no vazio soturno e deserto do corredor do hotel. Ao som de uma maçaneta sendo girada, paramos, e respondi que adoraria ir com ela. Então alguém nas escadas me chamou. Não houve mais tempo para conversar até a manhã seguinte, quando combinamos de fazer a viagem de táxi.

Naquela época, o zloty polonês não valia nada, e o dólar americano era supremo. Era possível contratar um táxi para nos levar até Lublin, esperar de um dia para o outro se necessário e depois nos trazer de volta, tudo isso por vinte dólares. Conseguimos escapulir sem sermos notados pelo romancista e seus amigos. O beijo, a sensação que ele proporcionou, o fato extraordinário que representava, a expectativa de mais um, e do que viria depois, tinha ocupado minha cabeça nas vinte e quatro horas anteriores. Mas enquanto deixávamos Varsóvia, cruzando sua triste periferia, conscientes de nosso destino, o beijo recuou diante de nós. Nos sentamos bem afastados no banco de trás do Lada, e trocamos informações básicas sobre nossas vidas. Foi quando fiquei sabendo que ela era filha de Bernard Tremaine, cujo nome eu conhecia vagamente de programas de rádio e por causa de sua biografia sobre Nasser. Jenny falou das vidas em separado que os pais levavam, e de sua relação difícil com a mãe, que vivia sozinha em um lugar remoto na França e tinha abandonado o mundo em busca de uma vida de meditação espiritual. Ao ouvir essa primeira referência a June, logo fiquei com vontade de conhecê-la. Contei a Jenny sobre a morte dos meus pais em um acidente de carro quando eu tinha oito anos, e sobre crescer com minha irmã Jean e minha sobrinha Sally, para quem eu ainda era uma espécie de pai, e de como eu era habilidoso em me fazer adotar pelos pais de outras pessoas. Acho que já nessa ocasião brincamos sobre como eu poderia obter a afeição da arisca mãe de Jenny.

Minhas lembranças pouco confiáveis dessa parte da Polônia que se estende entre Varsóvia e Lublin é a de um imenso campo arado, negro-amarronzado, atravessado por uma estrada em linha reta e sem árvores. Nevava um pouco quando chegamos. Acatando o conselho de amigos poloneses, pedimos para ficar no centro de Lublin e prosseguimos de lá. Eu ainda não tinha entendido quão próxima a cidade ficava do campo que tinha consumido todos os seus judeus, três quartos da população total. Ficam lado a lado, Lublin e Majdanek, matéria e antimatéria. Paramos diante da entrada principal para ler uma placa que anunciava as centenas de milhares de poloneses, lituanos, russos, franceses, britânicos e americanos que tinham morrido ali. O silêncio era absoluto. Não havia ninguém à vista. Por um instante, relutei em entrar. Levei um susto com o sussurro de Jenny.

"Nenhuma menção aos judeus. Percebeu? Ainda continua. E é oficial." E então completou, mais para si mesma: "Os cães negros".

Ignorei essas últimas palavras. De resto, mesmo descontando a hipérbole, uma verdade residual bastava para, num instante, transformar Majdanek, até então um monumento, um honroso desafio cívico ao esquecimento, em uma doença da imaginação e um risco vivo, uma convivência quase totalmente inconsciente com o mal. Dei o braço a Jenny e entramos, cruzando as cercas externas e a casa de guarda ainda em uso. Na soleira da porta havia duas garrafas de leite, cheias. Três centímetros de neve era o acréscimo mais recente à assepsia obsessiva do campo. Atravessamos uma terra de ninguém e desenganchamos os braços. À nossa frente estavam as torres de vigia, casinhas achata-

102

das apoiadas em estacas com telhados muito inclinados e escadas de madeira precárias; forneciam uma visão total do espaço entre a cerca dupla interna. Ali ficavam os barracões, mais compridos, mais baixos e mais numerosos do que eu tinha imaginado. Ocupavam nosso horizonte por inteiro. Mais adiante, flutuando livre contra o céu branco-alaranjado, como um barco a vapor dilapidado com uma única chaminé, ficava o incinerador. Não falamos nada por uma hora. Jenny leu as instruções da amiga e tirou as fotografias. Entramos com um grupo de alunos do primário em um barracão que abrigava em seu interior gaiolas de arame cheias de sapatos, dezenas de milhares deles, achatados e contorcidos como frutas secas. Em outro barracão, mais sapatos, e em um terceiro, incrivelmente, ainda outros, dessa vez fora de uma gaiola, espalhados aos milhares pelo chão. Avistei uma bota ferrada ao lado de um sapato de bebê decorado com um cordeirinho ainda visível através da poeira. Vida convertida em refugo. A escala numérica exagerada, os números fáceis de falar — dezenas e centenas de milhares, milhões —, negavam à imaginação a empatia adequada, a compreensão correta do sofrimento, e o visitante acabava atraído de forma insidiosa pela premissa dos algozes, segundo a qual a vida não tinha valor, era uma pilha de lixo a ser inspecionada. Enquanto caminhávamos, minhas emoções desapareceram. Não podíamos fazer nada para ajudar. Não havia ninguém a ser alimentado ou liberto. Passeávamos como turistas. Estando ali, ou você entrava em desespero, ou enfiava as mãos mais fundo nos bolsos e agarrava o calor das moedas soltas e se percebia dando mais um passo na direção dos que passaram pelo pesadelo. Essa era nossa vergonha inevitável, nossa parte na tragédia. Estávamos do outro lado, caminhávamos livres até ali como o comandante ou seu senhor político tinha feito no passado, mexendo nisso e naquilo, conhecendo o caminho até a saída, cheios de certeza quanto à nossa próxima refeição.

Depois de algum tempo eu não aguentava mais as vítimas e só pensava nos algozes. Estávamos caminhando por entre os barracões. Como eram bem construídos, como tinham durado tanto. Trilhas nítidas ligavam cada porta ao caminho em que estávamos. Os barracões se estendiam a uma distância tão grande que eu não conseguia enxergar o final. E essa era apenas uma fileira, em uma parte do campo, e esse era apenas um campo, comparativamente um dos menores. Mergulhei numa admiração invertida, num assombro lúgubre; sonhar com aquele empreendimento, planejar os campos, construí-los, se esforçar tanto para mobiliá-los, mantê-los, administrá-los, e arregimentar em cidades e vilarejos seu combustível humano. Tanta energia, tanta dedicação. Como alguém chegaria a chamar aquilo de erro?

Voltamos a nos encontrar com as crianças, e entramos com elas no prédio de tijolos com a chaminé. Como todo mundo, reparamos no nome do fabricante na porta dos fornos. Uma encomenda especial, atendida de imediato. Vimos um antigo recipiente de cianeto de hidrogênio, Zyklon B, fornecido pela empresa Degesch. Na saída, Jenny abriu a boca pela primeira vez em uma hora para me contar que, em um único dia de novembro de 1943, as autoridades alemãs tinham metralhado trinta e seis mil judeus de Lublin. Fizeram com que se deitassem em covas gigantes e massacraram todos ao som de música de baile. Conversamos sobre a placa no portão principal, e sobre sua omissão.

"Os alemães fizeram o trabalho para eles. Mesmo que não tenha sobrado nenhum judeu, eles ainda os odeiam", disse Jenny.

Lembrei de repente. "O que você falou sobre cães?"

"Cães negros. É uma expressão da minha família, coisa da minha mãe." Quando ela ia começar a explicar, mudou de ideia.

Deixamos o campo e voltamos a pé para Lublin. Percebi pela primeira vez que era uma cidade bonita. Tinha escapado da destruição e da reconstrução do pós-guerra que haviam desfigurado Varsóvia. Estávamos em uma rua íngreme calçada com pedras úmidas, que um pôr do sol de inverno alaranjado e brilhante tinha transformado em barras de ouro. Era como se tivéssemos sido libertados de um longo cativeiro, empolgados por voltar a fazer parte do mundo, da normalidade contida na discreta hora do rush de Lublin. Sem se dar conta, Jenny enganchou o braço no meu e, com a câmera balançando na correia, me contou uma história sobre uma amiga polonesa que fora a Paris estudar gastronomia. Já comentei que em questões de sexo e amor sempre fui contido, e que era minha irmã a especialista em sedução. Mas naquele dia, liberado das restrições costumeiras da minha personalidade, tomei uma atitude de brilho atípico. Interrompi Jenny no meio da frase e a beijei, e então disse simplesmente que ela era a mulher mais bonita que eu já tinha visto e que a coisa que eu mais queria na vida era passar o resto do dia transando com ela. Seus olhos verdes examinaram os meus, e quando ela ergueu o braço achei por um instante que levaria um tapa na cara. Mas ela apontou para o outro lado da rua, mostrando uma portinha estreita acima da qual pendia uma placa desbotada. Caminhamos sobre pepitas de ouro até o hotel Wisła. Após dispensar o motorista, passamos três dias ali dentro. Dez meses depois, estávamos casados.

Parei diante da casa escura com o carro que tinha alugado no aeroporto de Montpellier. Então saí e fiquei algum tempo de pé no pomar, olhando para o céu estrelado de novembro, tentando vencer minha relutância em entrar. Nunca era uma experiência agradável voltar à *bergerie* depois que ela havia ficado fechada por meses, ou mesmo semanas. Ninguém tinha estado ali desde o fim de nossas longas férias de verão, desde nossa partida barulhenta e caótica em uma manhã no início de setembro, depois da qual os últimos ecos de vozes infantis se desvaneceram no silêncio das pedras antigas e a *bergerie* voltou a se acomodar em sua perspectiva mais longa, não de semanas de férias, ou dos anos de crescimento das crianças, ou mesmo das décadas como propriedade, mas de séculos, séculos rurais. Eu não acreditava realmente nisso, mas conseguia imaginar como, em nossa ausência, o espírito de June e seus muitos fantasmas talvez aparecessem sorrateiros para se instalarem outra vez na *bergerie*, reconquistando não apenas a mobília, a prataria e os quadros, mas a capa dobrada de uma revista, a antiquíssima mancha no formato da Austrália na parede do banheiro, e as formas latentes de seu corpo na velha roupa de jardinagem, ainda dependurada atrás de uma porta porque ninguém conseguia jogá-la fora. Depois de uma ausência, o próprio espaço entre os objetos se alterava, se enviesava, banhado de marrom-claro ou pela essência dessa cor, e os sons — a primeira virada da chave na fechadura — adquiriam uma acústica sutilmente transformada, um eco morto um pouco além da capacidade auditiva, sugerindo uma presença invisível que parecia se apresentar. Jenny odiava abrir a casa. E à noite era mais difícil; o lugar tinha sido ampliado aos poucos ao longo de quarenta anos, e agora a porta da frente ficava bem longe do quadro de luz. Era preciso atravessar toda a sala de estar e a cozinha para alcançá-lo, e eu tinha esquecido de trazer uma lanterna.

Abri a porta da frente e me vi diante de um muro de trevas. Estendi o braço para dentro, em busca de uma estante onde procurávamos sempre deixar uma vela e uma caixa de fósforos. Nada. Fiquei parado, com os ouvidos atentos. Por mais que me dissesse coisas sensatas, não conseguia me livrar da ideia de que em uma casa onde uma mulher tinha se dedicado por tantos anos à contemplação da eternidade, alguma emanação delicada, alguma teia diáfana de consciência, permanecia ali e estava consciente da minha presença. Não consegui me forçar a dizer o nome de June em voz alta, mas era o que eu queria fazer, não para evocar o espírito, mas para afastá-lo. Em vez disso, pigarreei alto, um som cético e masculino. Com todas as luzes bem acesas, o rádio ligado, e as sardinhas que eu tinha comprado em uma vendinha de beira de estrada fritando no azeite de oliva de June, os fantasmas bateriam em retirada rumo às sombras. A luz do sol também ajudaria, mas seria preciso alguns dias, um par de noites desconfortáveis, para que a casa voltasse a ser minha. Para tomar posse imediata da *bergerie* era preciso chegar com crianças. Com sua redescoberta de brincadeiras e projetos esquecidos, suas gargalhadas e suas disputas por lugares nos beliches — o espírito cedia com elegância diante das

106

energias dos vivos, e era possível entrar em qualquer canto da casa, até mesmo no quarto de June ou em seu antigo gabinete, sem pensar duas vezes.

Com a mão estendida diante do rosto, entrei. Tudo tinha um cheiro doce que eu associava a June. Vinha do sabonete de lavanda, que ela comprava a granel. Não havíamos usado nem metade do estoque dela. Atravessei a sala tateando o caminho e abri a porta da cozinha. Ali os cheiros eram de metal e, mais sutilmente, de gás. A chave geral e a caixa de luz ficavam dentro de um armário embutido no outro lado da cozinha. Mesmo naquela escuridão aparecia como uma mancha ainda mais escura. Quando dei a volta na mesa, a sensação de estar sendo observado ficou mais intensa. A superfície da minha pele tinha se tornado um órgão de percepção, sensível à escuridão e a todas as moléculas do ar. Meus braços nus estavam registrando uma ameaça. Algo estava acontecendo, a cozinha parecia diferente. Eu estava indo na direção errada. Senti vontade de dar meia-volta, mas teria sido ridículo. Não podia dormir dentro do carro, era pequeno demais. O hotel mais próximo ficava a quarenta quilômetros, e já era quase meia-noite.

O negrume sem forma e mais escuro do armário estava a uns seis metros de distância, e eu me guiava na direção correta tocando as bordas da mesa da cozinha. Desde criança não me sentia tão intimidado pela escuridão. Como um personagem de desenho animado, cantarolei baixinho, sem convicção. Nenhuma música me veio à cabeça, e a sequência aleatória de notas soou estúpida. Minha voz parecia fraca. Eu merecia que algo me acontecesse. O pensamento voltou, desta vez mais claro: eu precisava ir embora. Minha mão roçou em algo duro e arredondado. Era o puxador da gaveta da mesa. Quase puxei, mas decidi não fazer isso. Eu me obriguei a continuar até a mesa ficar para trás. A mancha na parede era tão negra que pulsava. Tinha um centro, mas nenhum contorno. Ergui a mão em sua direção, e foi então que perdi a coragem. Não me atrevi a tocar nela. Dei um passo para trás e fiquei ali, paralisado pela indecisão. Estava preso entre minha razão, que me incitava a avançar rápido, ligar a energia e ver, com ajuda do brilho das luzes artificiais, que a normalidade permanecia ali, como sempre; e meu temor supersticioso, cuja simplicidade era ainda maior que a realidade do cotidiano.

Devo ter ficado ali por mais de cinco minutos. Em dado momento, quase dei um passo repentino à frente para escancarar de uma vez as portas do armário, mas os primeiros sinais não chegaram até minhas pernas. Eu sabia que, caso saísse da cozinha, não conseguiria mais voltar naquela noite. Então fiquei ali, até finalmente me lembrar da gaveta e do motivo pelo qual cheguei perto de abri-la. A vela e a caixa de fósforos que deveriam estar ao lado da porta de entrada talvez estivessem ali. Voltei a deslizar a mão pela mesa, encontrei a gaveta e tateei entre tesouras de poda, tachinhas e barbante.

Um toco de vela, que mal tinha cinco centímetros, acendeu na primeira tentativa. As sombras do armário onde ficava a caixa de luz bruxulearam na parede quando me aproximei. Parecia diferente. O pequeno puxador de madeira na porta estava mais comprido, mais enfeitado, e com um novo ângulo. Eu estava a meio metro de distância quando o enfeite tomou a forma de um escorpião, gordo e amarelo, as pinças curvadas acima do eixo diagonal e a cauda robusta e segmentada escondendo o puxador.

Essas criaturas são quelicerados ancestrais, cuja origem remonta ao período cambriano, quase 600 milhões de anos atrás, e é uma espécie de inocência, uma ignorância irremediável das condições pós-holocênicas que os atrai para dentro dos lares dos primatas mais moderninhos; nós os encontramos em muros, em locais expostos, suas pinças e ferrão como defesas patéticas e antiquadas contra o efeito destruidor de uma sapatada. Peguei uma colher de pau bem pesada no balcão da cozinha e matei o escorpião com um só golpe. Quando caiu no chão, pisei em cima, para garantir. Ainda precisei superar uma relutância em tocar no local em que seu corpo tinha estado. Lembrei que anos antes tínhamos encontrado um ninho de filhotes de escorpião naquele mesmo armário.

As luzes se acenderam, a geladeira bulbosa dos anos cinquenta estremeceu e deu início aos lamentos e chocalhadas familiares. Eu não queria refletir de imediato sobre minha experiência. Trouxe a bagagem para dentro, arrumei a cama, fritei o peixe, coloquei um velho disco do Art Pepper para tocar no volume máximo e tomei meia garrafa de vinho. Dormi às três da manhã sem nenhum problema. No dia seguinte, comecei a preparar a casa para nossas férias de dezembro. Fui seguindo em ordem os itens do início da lista, e passei muitas horas no telhado, consertando telhas que tinham se soltado durante uma tempestade em setembro, e no resto do dia me ocupei com tarefas dentro de casa. Fazia um calor leve e, perto do fim da tarde, pendurei a rede no local favorito de June, debaixo da tamargueira. Deitado ali, podia ver a luz dourada pairando sobre o vale na direção de St. Privat, e, mais além, o sol de verão descendo sobre as colinas em torno de Lodève. Tinha passado o dia inteiro pensando a respeito do meu medo. Duas vozes indistintas tinham me seguido pela casa enquanto eu cumpria minhas tarefas, e, agora que eu estava esparramado na rede, com um bule de chá ao meu lado, elas foram ficando mais nítidas.

June estava impaciente. "Como você pode fingir que tem dúvidas sobre algo que está diante do seu nariz? Como pode ser tão perverso, Jeremy? Você sentiu minha presença assim que pôs os pés na casa. Teve uma premonição de perigo e depois a confirmação de que teria levado uma ferroada se tivesse ignorado o que sentiu. Eu o alertei, eu o protegi, simples assim, e se está disposto a se esforçar tanto para manter intacto seu ceticismo você é um ingrato, e eu nunca deveria ter me preocupado com você. O racionalismo é uma fé cega. Jeremy, como você pode ter esperanças de um dia conseguir enxergar?"

Bernard estava animado. "Foi sem dúvida um exemplo muito útil! Claro, não podemos desconsiderar a possiblidade de que alguma forma de consciência sobreviva à morte e que, neste caso, tenha agido para protegê-lo. Devemos manter a mente aberta, sempre. Ter cuidado para não descartar fenômenos que não se encaixam nas teorias atuais. Por outro lado, na ausência de qualquer prova conclusiva em um sentido ou outro, por que saltar direto a uma conclusão tão radical sem levar em conta outras possibilidades mais simples? Você muitas vezes sentiu 'a presença de June' na casa — e esse é apenas outro modo de dizer que ali tinha sido o lar de June, que ainda estava cheio das coisas dela, e que estar ali, especialmente após uma ausência e antes da sua própria família vir ocupar os quartos, certamente pode trazer lembranças dela. Em outras palavras, essa 'presença' estava em sua mente, e você a projetou no que o cercava. Como tememos os mortos, é compreensível que você estivesse temeroso ao andar pela casa em plena escuridão. E por conta de seu estado de espírito, o armário com a caixa de luz na parede sem dúvida pareceria um objeto assustador — uma mancha de trevas ainda mais profundas na escuridão, certo? Você tinha no fundo da memória a lembrança de encontrar um ninho de escorpiões bem ali. E também é preciso considerar a possibilidade de que, nas más condições de iluminação, você tenha reconhecido de modo subliminar as formas do escorpião. E então o fato de seus pressentimentos terem se justificado. Bem, meu caro rapaz! Escorpiões são muito comuns nesta parte da França. Por que não deveria haver um deles no armário? E se ele tivesse picado sua mão? Seria fácil chupar o veneno para fora. Você sentiria dor e desconforto por no máximo dois dias — não era um escorpião negro, afinal de contas. Por que um espírito do além-túmulo teria se prestado a salvar você de um ferimento insignificante? Se esse é o nível de preocupação dos mortos, por que não estão intercedendo para impedir as milhões de tragédias humanas que acontecem todos os dias?"

"Ora!", ouvi June dizer. "Como você iria saber, se fizéssemos isso? Você não acreditaria, de qualquer jeito. Cuidei de Bernard em Berlim e de você na noite passada porque queria mostrar uma coisa, queria mostrar quão pouco vocês sabem sobre o universo criado por Deus, preenchido por Deus. Mas não existe prova que um cético não possa distorcer para se encaixar em seu próprio esqueminha banal..."

110

"Bobagem", Bernard sussurrou em meu outro ouvido. "O mundo que a ciência está revelando é um lugar cintilante e assombroso. Não precisamos inventar um deus apenas porque não entendemos o mundo por inteiro. Nossas investigações mal começaram!"

"Você acha que estaria me ouvindo neste momento se alguma parte minha não continuasse existindo?"

"Você não está ouvindo nada, meu caro rapaz. Você está inventando nós dois, extrapolando a partir do que conhece. Não há ninguém aqui além de você."

"Deus está aqui", disse June, "e também o Diabo."

"Se eu sou o Diabo", disse Bernard, "no fim das contas até que o mundo não é um mau lugar."

"A inocência de Bernard é precisamente a medida de sua maldade. Você esteve em Berlim, Jeremy. Veja os danos que ele e sua laia causaram em nome do progresso."

"Esses monoteístas beatos! A mesquinhez, a intolerância, a ignorância, a crueldade que puseram à solta com suas certezas..."

"Deus é amor, e vai perdoar Bernard..."

"Podemos amar sem deus, muito obrigado. Detesto o modo com que os cristãos se apossaram dessa palavra."

Essas vozes se instalaram em mim, me perseguiam, e começaram a me afetar. No dia seguinte, quando eu estava podando os pessegueiros no pomar, June disse que a árvore em que eu estava trabalhando e sua beleza eram criação de Deus. Bernard comentou que sabemos muito sobre a maneira como aquela e outras árvores evoluíram, e nossas explicações não precisavam de um deus. Afirmações e contestações corriam umas atrás das outras enquanto eu rachava lenha, desentupia calhas e varria cômodos. Eu não conseguia me livrar daquela lenga-lenga. Ela não cessava mesmo quando eu conseguia desviar minha atenção. Se eu ficava atento a ela, não aprendia nada. Cada proposição bloqueava a anterior, ou era bloqueada pela seguinte. Era uma discussão que cancelava a si mesma, uma multiplicação de zeros, e eu não conseguia fazer com que parasse. Quando terminei todas as minhas tarefas e espalhei as anotações para a biografia sobre a mesa da cozinha, meus sogros subiram o tom de voz.

Tentei participar. "Escutem aqui, vocês dois. Vocês estão em reinos separados, um distante da jurisdição do outro. A ciência não deve se ocupar em provar ou refutar a existência de Deus, e o espírito não deve se ocupar em medir o mundo."

Fez-se um silêncio constrangedor. Eles pareciam à espera de que eu continuasse. Então ouvi Bernard dizer, ou o fiz dizer, em voz baixa para June, não para mim: "Isso faz sentido. Mas a igreja sempre quis controlar a ciência. Todo o conhecimento, a propósito. Veja o caso de Galileu...".

E June o interrompeu para dizer: "Foi a igreja que manteve o conhecimento vivo na Europa ao longo de séculos. Você se lembra de quando estivemos em Cluny em 1954, daquele homem que nos mostrou a biblioteca...?".

Quando telefonei para casa e me queixei para Jenny de que talvez estivesse ficando louco, ela pareceu animada ao deixar claro que não sentia nenhuma pena de mim.

"Você queria as histórias deles. Incentivou os dois, cortejou os dois. E agora tem os dois, com as brigas e tudo." Ela se recuperou de um segundo acesso de riso e perguntou por que eu não anotava o que eles estavam dizendo.

"Não faz sentido. Eles ficam andando em círculos."

"Eu sempre disse que era assim. Você não aceitava. Está sendo castigado por ter mexido no vespeiro."

"Castigado por quem?"

"Pergunte à minha mãe."

Fazia outro dia claro quando, pouco depois do café da manhã, abandonei todas as minhas responsabilidades, me absolvi de todas as tarefas mentais e, com uma sensação deliciosa de estar cabulando aula, calcei as botas de caminhada, arranjei um mapa em grande escala e meti uma garrafa d'água e duas laranjas na mochila.

Peguei a trilha que sobe por trás da *bergerie* rumo ao norte, por sobre uma ravina seca, cruza bosques de chaparreiros, e serpenteia por baixo do rochedo maciço do Pas de l'Azé até chegar ao platô. A passo firme, não leva mais de meia hora para chegar lá em cima, no Causse de Larzac, com uma brisa fresca entre os pinheiros e uma vista do Pic de Vissou e, mais além, a quase setenta quilômetros de distância, um fragmento prateado do Mediterrâneo. Percorri uma trilha arenosa por entre os pinheiros, passei por afloramentos de calcário que as intempéries tinham esculpido em forma de ruínas, depois por um terreno aberto que se eleva até a Bergerie de Tédenat. Desse ponto, eu avistava do platô a caminhada de umas poucas horas até o vilarejo de St. Maurice de Navacelles. A pouco mais de um quilômetro ficava a enorme fenda da Gorge de Vis. Um pouco mais à esquerda, na borda, ficava o Dolmen de la Prunarède.

Primeiro havia a descida seguindo a linha das árvores até chegar a La Vacquerie. Há um prazer simples em chegar a pé em um vilarejo e depois ir embora. Por algum tempo pode-se manter a ilusão de que os outros levam vidas aprisionadas a casas, relacionamentos e trabalho, enquanto somos autossuficientes e livres, sem o ônus de bens e obrigações. É uma sensação privilegiada de leveza que não se pode experimentar de dentro de um carro, como parte do tráfego. Decidi não parar no bar para tomar um café, e só fiz uma pausa para olhar de perto o monumento que ficava do outro lado da rua e copiar no caderno a inscrição que havia em sua base.

Deixei o vilarejo por uma estrada secundária e virei para o norte em uma trilha bonita que leva até a Gorge. Pela primeira vez desde minha chegada, eu estava realmente satisfeito, e senti restaurado meu antigo amor por aquela região erma da França. A cantilena das brigas de June e Bernard perdia volume; assim como a empolgação inquieta de Berlim. Era como se inúmeros músculos diminutos estivessem se desenrolando aos poucos na minha nuca, e, ao fazerem isso, abrissem dentro de mim um espaço tranquilo e generoso que combinava com a vasta paisagem pela qual eu estava caminhando. Como às vezes acontecia quando eu estava feliz, pensei sobre todo o padrão, a história em miniatura da minha existência, dos oito anos até Majdanek, e de como eu tinha sido libertado. A mil e quinhentos quilômetros dali, dentro ou perto de uma casa entre milhões de outras, estavam Jenny e nossos quatro filhos, minha tribo. Eu pertencia a algo, minha vida era rica e tinha raízes. A trilha era plana, e mantive um bom ritmo. Comecei a entender como organizar o material da biografia. Pensei no meu trabalho, e em como talvez pudesse reorganizar meu escritório para o bem das pessoas que trabalhavam por lá. Esses e outros planos relacionados me ocuparam por todo o caminho até St. Maurice.

Eu ainda permanecia nesse estado de ânimo de autossuficiência tranquila ao cruzar o vilarejo. Tomei uma cerveja no terraço do Hôtel des Tilleuls, talvez na mesmíssima mesa em que o jovem casal em lua de mel tinha ouvido o prefeito durante o almoço. Reservei um quarto para aquela noite e saí para percorrer os cerca de um quilômetro e meio até o dólmen. Para ganhar tempo, fui pela estrada. A algumas centenas de metros à minha direita estava a beirada do desfiladeiro, obscurecido por uma elevação do terreno, e se estendendo à esquerda e à minha frente estava a paisagem mais agreste da *causse*, com sua terra dura e ressecada, suas artemísias e seus postes de telégrafo. Logo depois de cruzar as ruínas da fazenda la Prunarède, comecei a descer por uma trilha arenosa e, cinco minutos depois, cheguei ao dólmen. Tirei a mochila das costas, me sentei na grande laje plana e descasquei uma laranja. O sol vespertino mal tinha aquecido a pedra. No caminho, eu tinha me decidido a manter a mente totalmente livre de intenções, mas depois que cheguei elas pareciam bem claras. Em vez de continuar como uma vítima passiva das vozes de Bernard e June, passei a persegui-los, a recriar o casal sentado ali, fatiando o *saucisson*, esfarelando o pão seco e olhando fixamente para o norte, através do desfiladeiro, na direção de seu futuro: para comungar do otimismo de sua geração, e para examinar as primeiras dúvidas de June às vésperas do confronto. Queria surpreendê-los apaixonados, antes que começasse a briga que duraria suas vidas inteiras.

Mas eu me sentia purificado depois de cinco horas de caminhada. Estava equilibrado, determinado, e sem nenhuma disposição para fantasmas. Minha mente ainda estava cheia dos meus próprios planos e projetos. Eu não estava mais disponível para assombrações. As vozes tinham realmente sumido; a única pessoa que estava ali era eu. À minha direita, o sol baixo de novembro ressaltava o desenho intrincado e cheio de sombras do penhasco distante. Eu não precisava de nada além do meu próprio prazer de estar naquele lugar, e das lembranças dos piqueniques em família que tínhamos feito ali com Bernard e nossos filhos, quando usáramos a grande laje de pedra como mesa.

Terminei minhas duas laranjas e limpei as mãos na camisa, como um garoto. Queria voltar pela trilha que se estende pela beirada do desfiladeiro, mas desde minha última visita ela tinha sido tomada por arbustos espinhosos. Precisei voltar depois de cem metros. Estava irritado. Pensei que tinha assumido o controle, e ali estava uma réplica imediata. Mas me acalmei lembrando que aquela era a trilha para St. Maurice que Bernard e June tinham tomado naquela noite. Era o caminho deles, o meu era diferente — subindo até a antiga fazenda e voltando pela estrada; se a ideia era transformar uma trilha coberta de mato em símbolo, aquela me cairia melhor.

Minha intenção era terminar esta parte da biografia naquele exato momento, quando voltei do dólmen me sentindo suficientemente livre do casal para conseguir escrever sobre eles. Mas preciso fazer um breve relato do que aconteceu no restaurante do hotel naquela noite, pois foi um drama que parecia encenado para mim e mais ninguém. Era uma encarnação, ainda que distorcida, das minhas preocupações, da solidão da minha infância; representou uma purificação, um exorcismo, no qual tomei parte tanto em nome da minha sobrinha Sally quanto em meu próprio interesse, e obtive nossa vingança. Descrita nos termos de June, era outra "assombração" em que ela própria estava presente, cuidando de mim. Sem dúvida me fortaleci com a coragem que ela demonstrou em sua provação, a um quilômetro e meio de distância dali e quarenta e três anos antes. Talvez June tivesse dito que aquilo que eu realmente precisava enfrentar estava dentro de mim mesmo, pois no fim das contas fui contido, controlado, por palavras que em geral são dirigidas a cães. *Ça suffit!*

Não lembro em detalhes como aconteceu, mas em algum momento depois de meu regresso ao Hôtel des Tilleuls, quando me sentei no bar e tomei um Pernod, ou meia hora mais tarde, quando desci do meu quarto em busca de um sabonete, fiquei sabendo que a proprietária era *Madame* Monique Auriac, um nome do qual eu me lembrava das anotações. Era sem dúvida a filha da *Madame* Auriac que tinha cuidado de June, e talvez fosse a garota que serviu o almoço enquanto o *Maire* contava sua história. Pensei em lhe fazer algumas perguntas e averiguar o quanto ela se lembrava. Mas o bar ficou vazio de repente, e o restaurante também. Ouvi vozes na cozinha. Sentindo que, por ser um estabelecimento pequeno, de algum modo eu seria perdoado pela transgressão, empurrei as desgastadas portas de vaivém e entrei.

Diante de mim, dentro de um cesto de vime em cima da mesa, havia uma pilha de peles de animais ensanguentadas. Na outra ponta da cozinha, uma discussão estava em curso. *Madame* Auriac, seu irmão, que era o cozinheiro, e a garota que acumulava as funções de arrumadeira e garçonete me dirigiram uma espiada rápida e depois voltaram a se interromper mutuamente. Fiquei esperando ao lado do fogão, onde uma panela de sopa cozinhava em fogo baixo. Depois de meio minuto, eu teria saído na ponta dos pés e tentado de novo mais tarde, se eu não tivesse me dado conta de que a briga dizia respeito a mim. O hotel devia estar fechado. Como a garota tinha deixado o cavalheiro inglês ficar — *Madame* Auriac fez um gesto na minha direção —, ela, *Madame* Auriac, tinha se visto obrigada, em nome da coerência, a deixar que uma família ocupasse dois quartos, e agora uma senhora tinha chegado de Paris. Como toda essa gente iria comer? E não havia funcionários suficientes.

Seu irmão disse que não haveria nenhuma dificuldade, desde que todos os hóspedes comessem o menu de setenta e cinco francos — sopa, salada, coelho, queijo — e não tivessem esperanças de escolher algo diferente. Recebeu o apoio da garota. *Madame* Auriac disse que esse não era o tipo de restaurante que ela queria gerenciar. Nesse momento, pigarreei, pedi licença e falei que tinha certeza de que todos os hóspedes estavam muito felizes por terem encontrado o hotel aberto naquela época do ano, e que nessas circunstâncias um menu fixo estava de excelente tamanho. *Madame* Auriac deixou a cozinha com um chiado de impaciência e um movimento brusco de cabeça que era uma forma de consentimento, e seu irmão ergueu as mãos, triunfante. Era preciso mais uma concessão; para simplificar o trabalho, todos os hóspedes deveriam comer cedo, e todos juntos, às sete e meia. Respondi que por mim estava ótimo, e o cozinheiro mandou a garota informar os demais.

Meia hora mais tarde, fui o primeiro a tomar assento no restaurante. Estava me sentindo mais do que um hóspede. Eu era um iniciado, estava inteirado dos assuntos internos do hotel. *Madame* Auriac em pessoa me trouxe pão e vinho. Agora estava de bom humor, e chegamos à conclusão de que ela de fato trabalhava ali em 1946, e embora naturalmente não se lembrasse da visita de Bernard e June, sem dúvida conhecia a história do *Maire* sobre os cães, e prometeu me contar assim que estivesse menos ocupada. A próxima a aparecer foi a senhora parisiense. Devia ter trinta e poucos anos e era bonita de um modo cansado e macilento, com o aspecto frágil e excessivamente manicurado de algumas francesas, arrumada demais, severa demais para o meu gosto. Tinha o rosto encovado e os olhos imensos dos famintos. Supus que não comeria muito. Cruzou o salão com os saltos fazendo barulho no piso de ladrilho, até chegar à mesa mais distante da minha. Ignorando de forma tão extrema o único ocupante do recinto, ela criou a impressão paradoxal de que me levava em consideração a cada movimento que fazia. Eu tinha deixado de lado o livro que estava lendo, e me perguntava se seria mesmo esse o caso, ou se isso era apenas mais uma das projeções masculinas sobre as quais as mulheres às vezes reclamam, quando a família chegou.

Eram três, marido, esposa e um menino de sete ou oito anos, e chegaram envoltos em seu próprio silêncio, um envoltório luminoso de intensidade doméstica que atravessou o silêncio ainda maior do restaurante até ocupar uma mesa separada da minha por outra. Sentaram, arrastando as cadeiras. O homem, galo de seu pequeno poleiro, descansou os antebraços tatuados na mesa e olhou ao redor. Primeiro olhou fixamente na direção da senhora parisiense, que não tirou — ou não quis tirar — os olhos do cardápio, e em seguida seus olhos encontraram os meus. Ainda que eu tenha inclinado a cabeça de leve, ele não pareceu ter registrado o cumprimento. Simplesmente notou minha presença e então cochichou com a mulher, que tirou da bolsa de mão um maço de Gauloises e um isqueiro. Enquanto os pais acendiam os cigarros, olhei para o menino, sentado sozinho em seu lado da mesa. Minha impressão era de que algo tinha acontecido fora do restaurante alguns minutos antes, alguma malcriação pela qual a criança tinha sido repreendida. O menino estava apático, talvez emburrado, com a mão esquerda pendendo ao lado do corpo e a direita brincando com os talheres.

Madame Auriac chegou com o pão, a água e o litro refrigerado de vinho tinto quase impossível de beber. Depois que ela se afastou, o menino afundou ainda mais na cadeira, apoiando o cotovelo na mesa e sustentando a cabeça com a mão. Na mesma hora, a mão de sua mãe voou como um raio por sobre a toalha e desferiu um tapa estalado no antebraço do menino, que sumiu da mesa. O pai, apertando os olhos em meio à fumaça, não deu sinais de ter percebido. Ninguém falou nada. A parisiense, que eu enxergava por detrás da família, encarava com firmeza um canto vazio do salão. O menino se encostou de qualquer jeito na cadeira, olhando para o próprio colo e esfregando o braço. A mãe bateu o cigarro no cinzeiro com delicadeza. Era rechonchuda e rosada, com um rosto redondo simpático e bochechas vermelhas como as de uma boneca, e esse

118

descompasso entre comportamento e aparência maternal era sinistro. Eu me senti oprimido pela presença da família e sua infeliz situação, sobre a qual eu não podia fazer nada. Se houvesse outro lugar para comer no vilarejo eu teria ido para lá.

Eu tinha terminado meu *lapin au chef* e a família ainda estava comendo a salada. Por alguns minutos, o único som fora dos talheres batendo nos pratos. Não era possível ler, então fiquei observando em silêncio por sobre meu livro. O pai esfregava nacos de pão no prato, aproveitando o que ainda restava de vinagrete. Baixava a cabeça para abocanhar cada pedaço, como se não estivesse sendo alimentado pela própria mão. O menino terminou, afastando o prato de lado e limpando a boca com o dorso da mão. Parecia um gesto distraído, pois o menino era cuidadoso e, até onde eu conseguia enxergar, seus lábios não estavam manchados de comida. Mas eu era um estranho, e talvez isso fosse uma provocação, a continuação de um conflito prolongado. O pai imediatamente murmurou uma frase que incluía a palavra *serviette*. A mãe tinha parado de comer, e assistia a tudo com atenção. O menino tirou o guardanapo do colo e o encostou com cuidado, não na boca, mas primeiro em uma das bochechas e depois na outra. Sendo uma criança tão pequena, podia ter sido uma tentativa desajeitada de fazer a coisa certa. Mas não foi essa a opinião do pai. Ele se inclinou por sobre a saladeira vazia e empurrou o menino com força, logo abaixo da clavícula. O golpe arrancou o menino da cadeira e o lançou ao chão. A mãe se esticou em sua cadeira e segurou o braço do filho. Queria alcançá-lo antes que começasse a chorar, no intuito de preservar a civilidade e o decoro no restaurante. A criança mal conseguia se lembrar de onde estava quando ela lhe repreendeu com um sussurro ríspido, "*Tais-toi! Tais-toi!*". Sem deixar o assento, ela conseguiu puxá-lo de volta para a cadeira, que o marido tinha endireitado com habilidade usando um dos pés. O casal funcionava em uma harmonia evidente. Pareciam acreditar que, ao não se levantarem, tinham sido bem-sucedidos em evitar uma situação desagradável. O menino estava de volta ao seu lugar, choramingando. A mãe estendeu diante dele um indicador rígido e admonitório, e o manteve ali até o menino ficar totalmente quieto. Sem tirar os olhos dele, ela baixou a mão.

Minha mão tremeu quando me servi do vinho aguado e ácido de *Madame* Auriac. Esvaziei meu cálice com goles rápidos. Senti minha garganta se apertar. Que o menino não pudesse nem ao menos chorar me parecia ainda mais terrível do que o golpe que o tinha derrubado ao chão. Foi sua solidão que me pegou de jeito. Lembrei da minha própria solidão, depois da morte dos meus pais, de como o desespero era incomunicável, de como eu não esperava coisa alguma. Para aquele menino, a infelicidade era simplesmente a condição do mundo. Quem poderia ajudá-lo? Olhei ao meu redor. A mulher sentada sozinha tinha o rosto virado em outra direção, mas estava tão atrapalhada com o isqueiro que ficou claro que tinha visto tudo. Na extremidade do salão, ao lado do bufê, a garota esperava para recolher nossos pratos. Os franceses são notórios pela gentileza e pela tolerância com crianças. Sem dúvida alguém falaria alguma coisa. Alguém, que não eu, precisava intervir.

Tomei outro cálice de vinho, de um gole só. Uma família ocupa um espaço inviolável e particular. Por detrás de paredes ao mesmo tempo visíveis e imaginárias, cria as próprias regras para seus membros. A garota se aproximou e limpou a minha mesa. Depois voltou para buscar a saladeira da família e trazer pratos limpos. Acho que entendo o que aconteceu com o menino naquele momento. Enquanto a mesa era preparada para o prato seguinte, enquanto o coelho ensopado era servido, ele começou a chorar; as idas e vindas da garçonete confirmaram que, depois de sua humilhação, a vida seguiria em frente na maior normalidade. Sua sensação de isolamento era tão completa que ele não conseguiu conter o desespero.

Primeiro ele se tremeu todo na tentativa de fazer exatamente isso, e então começou, um som nauseante e fúnebre que ficava cada vez mais alto, apesar do dedo que a mãe tinha voltado a erguer, e então se tornou lamúria, depois um soluço em meio a uma tomada de fôlego desesperada. O pai guardou o cigarro que estava prestes a acender. Parou por um instante para ver o que viria depois da tomada de fôlego, e quando o choro da criança voltou a aumentar, o braço do homem fez um movimento amplo e exagerado por sobre a mesa e o dorso da mão atingiu o rosto do menino.

Era impossível, achei que estava vendo coisas, um homem forte não podia bater em uma criança daquele jeito, com toda a força de um ódio adulto. A cabeça do menino foi atirada para trás com violência enquanto o golpe arrastava tanto o menino quanto a cadeira em que estava sentado para perto da minha mesa. Foi o encosto da cadeira, que rachou ao se chocar com o piso, que salvou a cabeça do menino. A garçonete corria em nossa direção, chamando por *Madame* Auriac enquanto se aproximava. Não tomei a decisão de me levantar, mas fiquei em pé. Por um instante, meus olhos encontraram os da parisiense. Ela estava imóvel. Então assentiu com a cabeça, muito séria. A jovem garçonete pegara o menino no colo e estava sentada no chão, emitindo sons baixos de preocupação que lembravam uma flauta, um som adorável, como lembrei ter pensado enquanto chegava à mesa do pai.

A esposa tinha se levantado e estava se queixando com a garota. "Você não entende, *Mademoiselle*. Só vai piorar as coisas. Esse daí grita, mas sabe o que está fazendo. Ele sempre consegue o que quer."

Não havia nenhum sinal de *Madame* Auriac. Mais uma vez, não tomei decisão alguma, não pensei no que estava me metendo. O homem tinha acendido o cigarro. Fiquei um pouco aliviado ao ver que suas mãos tremiam. Não olhou para mim. Falei com uma voz límpida e trêmula, com uma precisão tolerável mas nenhuma informalidade. Eu não tinha a fluência sinuosa de Jenny. Falar em francês concedia tanto aos meus sentimentos quanto às minhas palavras uma solenidade teatral e constrangida, e ali, parado, tive uma sensação breve e enobrecedora de mim mesmo com um daqueles obscuros cidadãos franceses que brotam do nada em um momento de transformações na história da nação para improvisar as palavras que a história vai gravar em pedra. Seria aquilo o Juramento do Jogo da Pela? Seria eu

Desmoulins no Café de Foy? Na verdade, eu só tinha dito o seguinte, literalmente: "*Monsieur*, é repugnante bater desse jeito em uma criança. *Monsieur* é um animal, um animal. Por acaso *Monsieur* tem medo de brigar com alguém do seu tamanho? Porque eu adoraria arrebentar a minha boca".

Esse lapso verbal ridículo fez o homem relaxar. Sorriu para mim e afastou a cadeira da mesa. Viu um inglês pálido de altura mediana, ainda segurando o guardanapo. O que um homem com um caduceu tatuado em cada um dos antebraços gordos poderia temer?

"*Ta gueule?* Eu ficaria bem feliz em ajudar você a arrebentá-la." Indicou a porta com um movimento de cabeça.

Eu o segui por entre as mesas vazias. Mal podia acreditar. Estávamos saindo. Uma euforia imprudente deixou meus passos mais leves, e eu parecia pairar por sobre o piso do restaurante. Na saída, o homem que eu tinha desafiado deixou a porta de vaivém se fechar na minha cara. Seguiu na frente, atravessando a rua deserta até uma bomba de gasolina que ficava debaixo de um poste de luz. Virou para me encarar e ficar pronto para a briga, mas eu já tinha me decidido, e enquanto ele levantava os braços meu punho fechado já voava na direção do rosto dele, carregando todo o meu peso por trás. Acertei em cheio, direto no nariz, com tanta força que, quando senti seu osso se esmagando, alguma coisa estalou nos nós dos meus dedos. Por um momento gratificante, ele ficou zonzo mas não caiu. Seus braços ficaram pendendo ao lado do corpo e ele me assistiu acertá-lo com a esquerda, um, dois, três, rosto, garganta e barriga, antes de desabar. Preparei o pé e acho que o teria chutado e pisoteado até a morte, se não tivesse ouvido uma voz e, ao me virar, avistado um vulto magro na entrada iluminada do hotel, do outro lado da rua.

A voz estava tranquila. "*Monsieur. Je vous prie. Ça suffit.*"

Na mesma hora entendi que a euforia que me impulsionava não tinha nada a ver com vingança ou justiça. Horrorizado comigo mesmo, dei um passo para trás.

Atravessei a rua e entrei depois da mulher de Paris. Enquanto esperávamos pela polícia e pela ambulância, *Madame* Auriac fez um curativo em minha mão com uma atadura de crepe e foi para trás do balcão para me servir um conhaque. E nos fundos da geladeira encontrou o último dos sorvetes do verão para o menino, que ainda estava sentado no chão se recuperando, envolto no abraço maternal da bela e jovem garçonete que, devo dizer, parecia corada e nos braços de uma felicidade imensa.

Parte IV
ST. MAURICE DE NAVACELLES
1946

NA PRIMAVERA DE 1946, aproveitando uma Europa recém-libertada e taxas de câmbio favoráveis, meus sogros, Bernard e June Tremaine, saíram em viagem de lua de mel pela França e pela Itália. Tinham se conhecido em 1944 no Senado da Universidade de Londres, em Bloomsbury, onde ambos trabalhavam. O pai de minha esposa, graduado em ciências por Cambridge, exercia uma função burocrática perifericamente ligada aos serviços de inteligência. Tinha alguma relação com o fornecimento de itens especiais. Minha sogra era linguista e trabalhava em um gabinete que colaborava com a França Livre, ou, como ela costumava dizer, acalmava os ânimos dos franceses. Às vezes, ela se via na mesma sala que de Gaulle. Foi o trabalho de tradução para um projeto que envolvia a adaptação de máquinas de costura a pedal para geração de energia elétrica que a levou ao gabinete do futuro marido. Não receberam permissão para deixar seus postos até quase um ano depois de a guerra ter terminado. Casaram-se em abril. A ideia era passar o verão viajando antes de se acomodarem aos tempos de paz, à vida de casados e ao trabalho civil.

Nos anos em que eu me importava mais com essas coisas, refleti bastante sobre os diferentes trabalhos de tempos de guerra disponíveis para pessoas de diferentes classes sociais, e sobre essa presunção de escolha, esse desejo juvenil de experimentar novas liberdades que, até onde sei, mal tocara a vida dos meus próprios pais. Eles também se casaram logo que a guerra terminou. Minha mãe tinha sido uma *Land Girl* e feito trabalho agrícola, o que detestava, segundo uma das minhas tias. Em 1943, pediu transferência para trabalhar em uma fábrica de munições perto de Colchester. Meu pai lutou com a infantaria.

Sobreviveu intacto à evacuação de Dunquerque, combateu no Norte da África e por fim recebeu sua bala nos desembarques da Normandia. Ela atravessou sua mão direita sem ferir nenhum osso. Meus pais poderiam ter viajado depois da guerra. Parece que tinham herdado algumas centenas de libras do meu avô pouco tempo depois de meu pai ter sido dispensado. Em teoria, estavam livres para ir aonde quisessem, mas duvido que essa ideia tenha passado pela cabeça deles ou de qualquer um de seus amigos. Eu costumava considerar o fato de terem usado o dinheiro para comprar a casa eduardiana onde minha irmã e eu nascemos e para abrir a loja de ferragens que nos sustentou depois da morte súbita dos meus pais como mais um aspecto da estreiteza da minha formação.

Agora acho que entendo um pouco melhor. Meu sogro passava o expediente trabalhando em problemas como a geração silenciosa de energia para a operação de transmissores de rádio em fazendas isoladas na França, onde não havia luz elétrica. À noite, voltava para a monótona dieta dos tempos de guerra na pensão em Finchley, e nos finais de semana visitava os pais em Cobham. Mais para o fim da guerra veio o namoro, com idas ao cinema e caminhadas dominicais nas Chilterns. Compare isso com a vida de um sargento de infantaria: viagens forçadas ao exterior, tédio alternado com estresse severo, mortes violentas e ferimentos terríveis de amigos próximos, nenhuma privacidade, nenhuma mulher, notícias inconstantes de casa. A perspectiva da cadência limitada de uma vida normal deve ter adquirido, em seu lento avanço pela Bélgica com uma das mãos pulsando de dor, um brilho totalmente desconhecido para meus sogros.

Compreender essas diferenças não as torna mais atraentes, e eu sempre soube qual guerra eu preferia ter vivido. No meio de junho, o casal em lua de mel chegou a Lerici, no litoral da Itália. Ficaram chocados com o caos e a devastação da Europa do pós-guerra, especialmente no norte da França e na Itália. Ofereceram-se para seis semanas de trabalho voluntário em um posto de distribuição da Cruz Vermelha na periferia da cidade. Era um trabalho monótono e árduo, de expediente longo. As pessoas estavam exaustas, preocupadas com questões cotidianas de sobrevivência, e ninguém parecia se importar com o fato de tratar-se de um casal em lua de mel. O chefe imediato, *il capo*, implicou com eles. Tinha rancor dos britânicos, mas não admitia falar a respeito. Ficaram hospedados na casa do *Signor* e da *Signora* Massucco, que ainda estavam de luto pelos dois filhos, seus únicos, mortos na mesma semana, separados por oitenta quilômetros, pouco antes da rendição italiana. Em algumas noites, o casal inglês acordava com o pranto dos pais idosos no andar de baixo, chorando juntos sua perda.

As porções do racionamento de comida, pelo menos no papel, eram suficientes, mas a corrupção local as reduzia ao mínimo. Bernard contraiu um problema de pele que se espalhou das mãos até a garganta, e depois tomou conta do rosto. June levava cantadas todos os dias, apesar da aliança de latão que fazia questão de usar. Os homens sempre chegavam perto demais, ou se esfregavam nela ao passarem em meio à escuridão do armazém de distribuição, ou beliscavam seu traseiro ou seu antebraço. O problema, segundo as outras mulheres, era seu cabelo claro.

Podiam ter ido embora a qualquer momento, mas os Tremaine insistiram. Era sua pequena expiação pela guerra confortável que tinham vivido, e também uma expressão de seu idealismo; aquilo era "conquistar a paz" e ajudar a "construir uma nova Europa". Mas sua partida de Lerici foi triste. Ninguém percebeu que estavam indo embora. Os italianos enlutados atendiam a um genitor moribundo no andar de cima e a casa estava cheia de parentes. O centro da Cruz Vermelha estava absorto com um escândalo de desvio de verba. Bernard e June escapuliram antes do amanhecer em uma manhã do início de agosto e esperaram na estrada pelo ônibus que os levaria ao norte, rumo a Gênova. Parados ali à meia-luz da alvorada, deprimidos, quase mudos, certamente teriam se animado com sua contribuição para uma nova Europa se soubessem que já tinham concebido sua primeira filha, minha esposa, que um dia acabaria por disputar com afinco uma cadeira no Parlamento Europeu.

128

Viajaram de ônibus e trem rumo ao oeste, atravessando a Provença, por entre inundações repentinas e tempestades elétricas. Em Arles, conheceram um funcionário do governo francês que os levou de carro até Lodève, no Languedoque. Prometeu aos dois que, se aparecessem em seu hotel dentro de uma semana, ele lhes daria uma carona até Bordeaux. Como o céu estava limpo e ainda faltavam duas semanas para voltarem à Inglaterra, partiram em uma breve excursão a pé.

Essa é a região onde os *causses*, grandes planaltos calcários, elevam-se a trezentos metros acima da planície costeira. Em alguns pontos, penhascos espetaculares despencam dezenas de metros. Lodève fica no sopé de um desses desfiladeiros, na época uma estradinha estreita, agora a movimentada RN 9. Continua sendo uma bela subida, ainda que, com tanto trânsito, não seja tão agradável a pé. Naquela época, você podia passar um dia tranquilo subindo gradualmente entre formações rochosas imponentes, até enxergar o Mediterrâneo brilhando às suas costas, cinquenta quilômetros ao sul. Os Tremaine pernoitaram na cidadezinha de Le Caylar, onde compraram chapéus de pastor com abas largas. Na manhã seguinte, deixaram a estrada e tomaram o rumo nordeste pelo Causse de Larzac, levando dois litros d'água cada um.

Esses são alguns dos espaços mais vazios na França. Hoje existem menos pessoas por ali do que havia cem anos atrás. Trilhas empoeiradas, ausentes até dos melhores mapas, serpenteiam por vastas extensões de urze, tojo e buxeira. Fazendas e casinhas desertas repousam em depressões verdejantes do terreno, onde pequenos pastos são divididos por antiquíssimos muros de pedras encaixadas. Os caminhos entre eles, flanqueados por amoreiras altas, roseiras selvagens e carvalhos, têm certo ar de intimidade inglesa. Mas logo voltam a dar lugar ao vazio.

Quase ao fim do dia, os Tremaine chegaram ao Dolmen de la Prunarède, um monumento funerário pré-histórico. Em seguida, alguns metros adiante, foram parar na beirada de um desfiladeiro profundo, escavado na rocha pelo rio Vis. Ali, fizeram uma pausa para comer o resto dos víveres — tomates imensos, de um tipo nunca visto na Inglaterra, pão de dois dias seco como biscoito e um *saucisson* que June fatiou com o canivete de Bernard. Tinham passado horas em silêncio, e ali, com ambos sentados na laje horizontal de pedra do dólmen, olhando na direção norte por sobre o abismo até o Causse de Blandas, e mais além, onde se erguem as montanhas Cévennes, teve início uma discussão animada sobre a rota do dia seguinte naquela paisagem gloriosamente estranha, que se fundiu com a sensação da vida que tinham adiante. Bernard e June eram filiados ao Partido Comunista, e conversavam sobre o caminho pela frente. Por horas e horas, detalhes domésticos intrincados, distâncias entre vilarejos, escolhas de trilhas, a derrota do fascismo, a luta de classes e as grandes engrenagens da história, cuja direção era então conhecida pela ciência e que tinham concedido ao Partido seu direito alienável de governar, tudo isso se mesclou em uma única vista espetacular, uma convidativa avenida que partia do amor de ambos, se estendendo pelo vasto panorama do *causse* e das montanhas que se avermelharam ao longo da conversa para então escurecer. E quando a escuridão aumentou, aumentou também a inquietação de June. Será que ela já estava perdendo a fé? Um silêncio atemporal a tentava, a atraía, mas sempre que interrompia a tagarelice otimista para prestar atenção nele, o vazio era preenchido pelas banalidades sonoras de Bernard: as tolices militarizadas, o "front", o "ataque", os "inimigos" do pensamento marxista-leninista.

As incertezas blasfemas de June cessaram temporariamente quando, à noite, os dois se demoraram no caminho de volta a St. Maurice, o vilarejo vizinho, para concluir, ou prolongar, seu debate sobre o futuro fazendo amor, talvez na própria trilha, onde o solo era mais macio.

Mas no dia seguinte, e no outro, e em todos os dias que se sucederam, eles não colocaram os pés na paisagem metafórica de seu futuro. No dia seguinte voltaram. Não desceram à Gorge de Vis e caminharam ao lado do canal misteriosamente elevado que desaparece dentro da rocha, não atravessaram o rio pela ponte medieval nem subiram para cruzar o Causse de

Blandas e vagar por entre os menires, cromeleques e dólmens pré-históricos espalhados pelo terreno, não começaram a longa subida das Cévennes em direção a Florac. No dia seguinte, deram início às suas jornadas separadas.

De manhã, deixaram o Hôtel des Tilleuls em St. Maurice. Ao cruzarem a bela extensão de pastos e tojeiras que separam o vilarejo da beirada do desfiladeiro, voltaram a ficar em silêncio. Não eram nem nove da manhã, mas já estava quente demais. Por um quarto de hora, perderam a trilha e tiveram de cortar caminho por um campo aberto. O ziziar das cigarras, o perfume da grama seca que pisavam, a ferocidade do sol no céu azul-pálido e inocente, tudo que no dia anterior tinha parecido tão exótico e meridional para June agora a incomodava. Ela não gostava de estar se afastando da bagagem que tinha ficado em Lodève. Na luz vigorosa daquela manhã, o horizonte árido, as montanhas secas mais à frente, os quilômetros que teriam de percorrer naquele dia para chegar à cidade da Le Vigan pesavam sobre ela. Os dias de caminhada que tinham pela frente pareciam um desvio sem sentido da incerteza que sentia.

Estava uns dez metros atrás de Bernard, cujos passos largos e gingados eram tão confiantes quanto suas opiniões. Ela se refugiava em pensamentos burgueses e cheios de culpa sobre a casa que comprariam na Inglaterra, a mesa rústica na cozinha, a porcelana simples azul e branca que tinha ganhado da mãe, o bebê. Mais à frente, podiam ver o penhasco espantosamente íngreme da beirada norte do desfiladeiro. O terreno já tinha começado uma leve descida, a vegetação estava mudando. Em vez de alegria despreocupada, ela sentiu um medo sem origem, tênue demais para ser digno de uma reclamação em voz alta. Era uma agorafobia, talvez mediada pelo crescimento minúsculo, pelas células que estavam se dividindo rapidamente a fim de trazer Jenny à existência.

Dar meia-volta por conta de uma ansiedade leve e indefinida estava fora de questão. No dia anterior, tinham concordado que ali estava finalmente o ponto culminante dos meses passados no exterior. As semanas no armazém de distribuição da Cruz Vermelha já tinham ficado para trás, o inverno inglês estava à sua espera, por que ela não estava aproveitando aquela liberdade ensolarada, o que havia de errado com ela?

Quando a trilha começou sua descida mais pronunciada, eles pararam para admirar o panorama. Ao longe, de frente para eles, depois de setecentos metros de espaço vazio fulgurante, uma parede vertical de rocha com noventa metros de altura assava ao sol. Em alguns pontos, chaparreiros mais robustos tinham encontrado apoio e um pouco de solo em fissuras e saliências. Aquele vigor insano, que forçava a vida a brotar nos lugares mais inóspitos, deixava June exausta. Ela sentiu uma náusea profunda. Trezentos metros abaixo deles, o rio corria perdido entre as árvores. O ar vazio, permeado pela luz do sol, parecia conter uma escuridão inacessível aos olhos.

June estava em pé na trilha, trocando murmúrios de apreciação com Bernard. O solo ao redor deles fora aplanado por outros andarilhos que tinham parado por ali para fazer o mesmo. Uma reverência boba. A resposta adequada era medo. June tinha alguma lembrança de ter lido os relatos de viajantes do século XVIII na Região dos Lagos inglesa e nos Alpes suíços. Picos de montanhas eram aterrorizantes, desfiladeiros íngremes eram horrendos, a natureza indomada era um caos, uma reprimenda pós-lapsária, um lembrete pavoroso.

Com a mão sobre o ombro de Bernard e a mochila no chão entre as pernas, June falava para convencer a si mesma, e ouvia para ser convencida, de que aquilo que estava diante deles era arrebatador, que em sua qualidade natural era, de algum modo, uma corporificação, um reflexo da bondade humana dos dois. Mas, naturalmente, ainda que fosse apenas por causa da secura do terreno, aquele lugar era um inimigo. Tudo que crescia ali era rijo, atrofiado, espinhoso, hostil ao toque, preservando os próprios fluidos em nome da amarga causa da sobrevivência. June tirou a mão do ombro de Bernard para pegar sua garrafa d'água. Não conseguia expressar seu medo, pois parecia muito pouco razoável. Todas as definições de si mesma que buscara em seu incômodo a exortavam a aproveitar a vista e desfrutar do passeio: uma jovem futura mãe apaixonada pelo marido, socialista e otimista, compassivamente racional, livre de superstições, em uma excursão a pé no país que era sua especialidade profissional, redimindo os longos anos da guerra e os meses tediosos na Itália, aproveitando os últimos dias de férias despreocupadas antes do retorno à Inglaterra, à responsabilidade, ao inverno.

June deixou o medo de lado e começou a falar com entusiasmo. Pelo mapa, porém, sabia que a travessia fluvial em Navacelles ficava vários quilômetros rio acima e que a descida levaria duas ou três horas. Fariam a escalada mais curta e íngreme para sair do desfiladeiro sob o sol do meio-dia. Passariam a tarde inteira atravessando o Causse de Blandas, que ela enxergava do lado oposto, distorcido pelo efeito do calor. Ela precisava de todas as forças que tinha, e as invocou por meio da fala. Ouviu a si mesma comparando favoravelmente a Gorge de Vis com a Gorge de Verdon na Provença. Ao falar, redobrava sua animação, ainda que odiasse todos os desfiladeiros, ravinas e ribanceiras do mundo e só quisesse voltar para casa.

Bernard estava falando enquanto recolhiam as mochilas e se preparavam para voltar à caminhada. O rosto grande e amigável, com a barba por fazer e orelhas de abano, estava queimado de sol. Por causa da pele seca, parecia empoeirado. Como poderia decepcionar aquele homem? Ele falava de uma ravina em Creta. Tinha ouvido que na primavera era maravilhoso caminhar por lá, em meio às flores silvestres. Talvez devessem tentar no ano seguinte. Ela caminhava alguns passos à frente, assentindo vigorosamente com a cabeça.

June imaginou estar enfrentando um estado de ânimo passageiro, uma dificuldade em começar, e que seria tranquilizada pelo ritmo da caminhada. À noite, no hotel em Le Vigan, suas ansiedades teriam sido reduzidas a uma anedota; depois de uma taça de vinho, pareceriam apenas um elemento qualquer em um dia distinto. O caminho ziguezagueava aos poucos por sobre um terreno em declive, agradável de trilhar. Com estilo, June inclinou o chapéu de abas largas para se proteger do sol e balançou os braços enquanto descia a trote. Ouviu Bernard chamar seu nome, mas decidiu ignorá-lo. Talvez tenha até pensado que tomar a dianteira pudesse desanimá-lo, que ele mesmo acabaria sugerindo que voltassem.

Virou uma curva muito fechada na trilha. Cem metros à frente, na curva seguinte, havia dois jumentos. Ali o caminho era mais largo, ladeado por arbustos de buxo que pareciam ter sido plantados por alguém, de tão regulares que eram os espaços entre eles. June avistou alguma coisa interessante mais abaixo, e se inclinou na beirada da trilha para olhar. Era um antigo canal de irrigação feito de pedra, na encosta do desfiladeiro. Dava para ver que a trilha seguia o mesmo percurso. Em meia hora eles poderiam molhar o rosto e refrescar o pulso. Ao voltar da beirada, ela olhou para a frente e se deu conta de que os jumentos eram cães, cães negros de um tamanho anormal.

June não parou imediatamente. O frio que se espalhou do estômago até as pernas entorpeceu qualquer resposta imediata. Em vez disso, ela começou a vacilar, dando meia dúzia de passos lentos antes de ficar imóvel e desequilibrada bem no meio da trilha. Eles ainda não a tinham visto. Ela sabia pouco sobre cães e não os temia em especial. Não tinha se preocupado muito nem com os cachorros frenéticos das fazendas isoladas no Causse. Mas as criaturas que bloqueavam o caminho a setenta metros de distância só eram cães na silhueta. Em tamanho, pareciam bestas míticas. A aparição repentina, anômala, sugeria uma mensagem em pantomima, uma alegoria que somente ela poderia decifrar. Confusa, pensou em algo medieval, um quadro vivo ao mesmo tempo formal e apavorante. Àquela distância, os animais pareciam estar pastando tranquilos. Emanavam significado. June se sentiu fraca e nauseada de medo. Ficou esperando o som dos passos de Bernard. Ela não podia estar tão à frente dele.

Naquele cenário, onde os animais de trabalho eram pequenos, esbeltos e musculosos, não havia nenhuma necessidade de cães do tamanho de jumentos. Aquelas criaturas — mastins gigantes, talvez — farejavam a relva ao lado da trilha. Estavam sem coleira, sem dono. Moviam-se devagar. Pareciam trabalhar juntos com algum objetivo. A negrura, o fato de os dois serem negros, de formarem um par e não terem dono fizeram June cogitar uma aparição. Ela não acreditava nessas coisas. Tinha sido atraída pela ideia porque as criaturas eram familiares. Eram emblemas da ameaça que ela tinha sentido, eram a encarnação da inquietude inominada, insensata e não mencionável que ela tinha experimentado naquela manhã. June não acreditava em fantasmas. Mas acreditava em loucura. Mais que a presença dos cães, temia a possibilidade de sua ausência, de sua completa inexistência. Um dos cães, ligeiramente menor do que o companheiro, ergueu a cabeça e a viu.

Perceber que os animais podiam se comportar de forma independente pareceu confirmar sua existência no mundo real. Isso não serviu de consolo. Enquanto o cachorro maior continuou com o focinho na grama, o outro ficou imóvel, com uma das patas dianteiras erguida, olhando para ela, ou farejando seu odor no ar quente. June crescera perto do campo, mas na verdade era uma moça da cidade. Sabia muito bem que não podia sair correndo, mas era mais afeita a escritórios, bibliotecas, cinemas. Em vinte e seis anos, tinha enfrentado uma quantidade razoável de perigos. Certa vez, uma bomba-V explodiu a trezentos metros de onde ela se abrigava; nos primeiros dias do blecaute, ela estava a bordo de um ônibus que bateu em uma motocicleta; aos nove anos, tinha caído inteiramente vestida dentro de um açude tomado pela vegetação, no meio do inverno. A lembrança dessas aventuras, ou o sabor delas destilado em uma única essência metálica, alcançou June naquele instante. O cão avançou alguns metros e parou. A cauda estava abaixada, as patas dianteiras plantadas com firmeza no chão. June deu um passo para trás, depois outros. A perna esquerda tremia na altura do joelho. A direita estava melhor. Imaginou o campo visual das criaturas: uma mancha incolor e um borrão pairando perpendicular, inconfundivelmente humano, comestível.

Ela tinha certeza de que aqueles cães sem dono estavam famintos. Naquele lugar, a pelo menos três quilômetros de St. Maurice, até mesmo um cão de caça passaria por maus bocados. Aqueles eram cães de guarda, criados para serem agressivos e não para aprenderem a sobreviver. Ou talvez fossem animais de estimação cujo encanto se perdera, ou estivessem custando muito dinheiro para alimentar. June deu outro passo para trás. Estava com medo, um medo sensato, não de cães, mas do tamanho anormal daqueles cães em especial e naquele lugar isolado. E de sua cor? Não, disso não. O segundo cão, o maior, enxergou June e avançou para ficar ao lado do companheiro. Permaneceram imóveis por um quarto de minuto, e então começaram a andar na direção de June. Se tivessem corrido, ela estaria completamente indefesa. Mas ela precisava ficar de olho neles, precisava acompanhar seu avanço. Arriscou dar uma espiada para trás; a imagem da trilha banhada de sol trazia a ausência nítida de Bernard.

Ele estava a mais de trezentos metros de distância. Tinha parado para amarrar o cadarço das botas e ficara absorto diante do progresso, a centímetros da ponta do seu calçado, de uma caravana de duas dúzias de taturanas marrons, cada uma com as mandíbulas agarradas na cauda da que vinha na frente. Chamou June para voltar e ver, mas a essa altura ela já tinha virado a primeira curva. A curiosidade científica de Bernard foi atiçada. A procissão ao longo da trilha parecia dotada de propósito. Ele queria saber para onde, exatamente, ela estava indo, e o que aconteceria quando chegasse. Estava ajoelhado, com a câmera na mão. Não se enxergava muita coisa pelo visor. Bernard tirou um caderno da mochila e começou a desenhar.

Os cães estavam a menos de cinquenta metros de distância, apressando o passo. Ao chegarem, bateriam na cintura de June, ou talvez fossem ainda mais altos. As caudas estavam abaixadas, as bocas, abertas. Ela enxergou as línguas rosadas. Nada mais naquela paisagem severa era rosado, exceto as pernas de June, macias e queimadas de sol, expostas abaixo da bainha dos shorts folgados. Em busca de calma, ela se forçou a pensar no velho *lakeland terrier* de uma tia perambulando pelo corredor da casa paroquial, as unhas estalando nas tábuas de carvalho enceradas, para conferir cada novo visitante de um modo nem amistoso nem hostil, mas zelosamente curioso. Cães nutrem um certo respeito irredutível por humanos, inculcado ao longo de gerações e baseado nos fatos inquestionáveis da inteligência humana e da estupidez canina. E na celebrada lealdade dos cães, sua dependência, seu desejo abjeto de terem um mestre. Mas ali as regras pareciam uma mera convenção, um frágil contrato social. Ali, nenhuma instituição impunha a supremacia humana. Havia apenas o caminho, que pertencia a qualquer criatura capaz de trilhá-lo.

Os cães prosseguiram em seu avanço sedicioso. June andava de costas. Não se atrevia a correr. Gritou o nome de Bernard uma, duas, três vezes. Sua voz soou rarefeita no ar ensolarado. Fez com que os cães viessem ainda mais rápido, quase a trote. Ela não podia demonstrar seu medo. Mas eles sentiriam o cheiro. Então ela não podia sentir medo. Suas mãos tremiam enquanto ela tateava a trilha em busca de pedras. Achou três. Segurou uma com a mão direita e ficou com as outras entre a esquerda e as costelas. Continuou recuando de lado, com o ombro esquerdo apontado na direção dos cães. Quando a trilha desceu, ela tropeçou e caiu. Na angústia de ficar em pé, praticamente quicou no chão.

Ainda estava com as pedras. Havia um corte no antebraço. Será que os cães ficariam excitados com o cheiro do ferimento? Ela pensou em chupar o sangue, mas para fazer isso teria que soltar as pedras. Ainda faltavam mais de cem metros para a curva na trilha. Os cães estavam a vinte metros, cada vez mais próximos. June se separou do próprio corpo quando enfim parou e se virou para enfrentá-los; esse novo eu, assim destacado, estava pronto para assistir com indiferença, pior do que isso, com aceitação, a uma jovem ser devorada viva. Percebeu com desdém o gemido que soltava a cada vez que exalava o ar, e como um espasmo muscular fazia a perna esquerda tremer a ponto de não conseguir mais sustentar peso.

Ela se encostou em um pequeno carvalho que se projetava sobre a trilha. Sentiu a mochila entre seu corpo e a árvore. Sem largar as pedras, tirou a mochila dos ombros e a posicionou à sua frente. A menos de cinco metros os cães pararam. Ela se deu conta de que estivera agarrada a uma última esperança de que seu medo fosse uma bobagem. Percebeu isso no momento em que a esperança se dissolveu com o ronco fluente do rosnado do cão maior. O menor estava com o corpo rente ao chão, as patas dianteiras tensionadas, pronto para dar o bote. Seu companheiro se desviou ligeiramente para a esquerda, mantendo a distância, até que se tornou impossível manter os dois ao mesmo tempo no campo de visão e ela teve de alternar entre um e outro. Dessa forma, passou a enxergar os cães como uma acumulação espasmódica de detalhes desconexos: as exóticas gengivas negras, os lábios negros e moles contornados de sal, um fio de saliva se rompendo, as fissuras de uma língua que ficava macia depois das bordas curvadas, um olho vermelho-amarelado, remelas cravadas no pelo, feridas abertas em uma pata dianteira, e presa no V de uma boca aberta, nas profundezas onde a mandíbula se articulava, um pouco de espuma à qual seus olhos insistiam em voltar. Os cães tinham trazido consigo sua própria nuvem de moscas. Algumas tinham desertado para o lado de June.

Bernard não tinha prazer em desenhar, e nenhum de seus esboços se parecia com o que via. Representavam o que ele sabia, ou desejava saber. Eram diagramas, ou mapas, sobre os quais mais tarde ele transcreveria os nomes faltantes. Se conseguisse identificar a taturana, seria fácil descobrir em livros o que ela estava fazendo, se ele não conseguisse descobrir naquele dia mesmo. Esquematizou a taturana como uma forma oblonga em escala maior. Ao examiná-las mais de perto, descobriu que não eram marrons, mas tinham sutis listras laranja e pretas. Só esboçou um par de listras no diagrama, desenhado em proporções cuidadosas em relação ao comprimento, com flechas a lápis indicando as cores. Contou os integrantes da caravana — uma tarefa não tão fácil quando cada indivíduo se mesclava ao corpo peludo do seguinte. Registrou vinte e oito. Desenhou uma visão frontal do rosto do líder, mostrando o tamanho e a disposição relativos das mandíbulas e do olho composto. Ao se ajoelhar, com o rosto encostando no chão para conferir de perto a cabeça da taturana líder, aquele rosto articulado de partes inescrutáveis, ele refletiu sobre como compartilhamos o planeta com criaturas tão estranhas e alienígenas quanto qualquer coisa que se imagine poder viver no espaço sideral. Mas as batizamos e paramos de enxergá-las, ou seu tamanho nos impede de prestar atenção. Lembrou que gostaria de comentar isso com June, que naquele momento deveria estar voltando pela trilha para encontrá-lo, provavelmente um pouco irritada.

Ela estava falando com os cães, primeiro em inglês e depois em francês. Usava um tom enérgico para controlar a náusea. Com a voz confiante do dono de um cachorro, ordenou ao cão maior, que estava com as pernas dianteiras bem separadas, ainda rosnando:

"Ça suffit!"

O animal não ouviu. O animal não piscou. À direita de June, o outro cão se arrastou para a frente com a barriga encostada no chão. Se eles latissem, ela teria se sentido melhor. Os silêncios que interrompiam os rosnados sugeriam uma situação calculada. Os animais tinham um plano. Uma gota de saliva pingou das mandíbulas do cão maior no chão da trilha. Várias moscas se abateram sobre ela no mesmo instante.

"Por favor, vão embora", sussurrou June. "Por favor. Ah, meu Deus!" A exclamação a levou ao raciocínio convencional de sua última chance, talvez a melhor. Tentou encontrar dentro de si o espaço para a presença de Deus e achou ter discernido contornos muito tênues, um vazio significativo nunca antes percebido, bem na base de seu crânio. Parecia se erguer e fluir para cima e para fora, jorrando de repente em uma penumbra oval com alguns metros de altura, uma membrana de energia reverberante, ou, como ela tentou explicar mais tarde, de uma "luz invisível colorida" que a cercava e a continha. Se aquilo era

Deus, também era, de forma incontestável, ela mesma. Será que podia ajudá-la? Será que aquela Presença se comoveria com uma conversão repentina, com segundas intenções? Um apelo, uma oração lamurienta para algo que era, de uma forma tão clara, tão luminosa, uma extensão de seu próprio ser, parecia irrelevante. Mesmo naquele momento de necessidade extrema, June percebeu que tinha descoberto algo extraordinário, e estava determinada a sobreviver e investigar o que era.

Ainda segurando a pedra, colocou a mão direita dentro da mochila. Tirou o resto do *saucisson* que tinham comido no dia anterior e o jogou no chão. O cão menor chegou primeiro, mas se submeteu de imediato ao companheiro. O salame e o papel encerado foram engolidos em menos de trinta segundos. O cão se virou para June, babando. Preso entre os dentes, um pedaço triangular de papel. A cadela farejou o chão em que o salame estivera. June voltou a enfiar a mão na mochila. Sentiu uma coisa dura entre as roupas dobradas. Tirou um canivete com cabo de baquelite. O cão maior deu dois passos rápidos na direção dela. Estava a três metros de distância. Ela transferiu a pedra para a mão esquerda, segurou o cabo de baquelite com a boca e abriu o canivete. Não tinha como segurar a arma e a pedra em uma mão só. Precisava fazer uma escolha. Com oito centímetros de lâmina, o canivete era um último recurso. Só poderia usá-lo quando os cães a atacassem. Equilibrou a arma no topo da mochila, com o cabo apontado em sua direção. Voltou a segurar a pedra com a mão direita e se encostou no tronco da árvore. Levantou o braço. Agora que estava prestes a atacar, a perna direita tremia ainda mais.

A pedra acertou o chão com força, espalhando uma rajada de pedrinhas por toda a trilha. June errou o cão maior por trinta centímetros. O animal se esquivou quando as pedrinhas voaram em seu rosto, mas manteve a posição e baixou o focinho para o local do impacto, ainda esperando que fosse comida. Quando voltou a olhar para June, torceu a cabeça para um lado, mostrou os dentes e rosnou, um som desagradável de respiração e muco. Era o que June temia. Tinha aumentado a aposta.

Estava com outra pedra na mão. A cadela abaixou as orelhas e deslizou para a frente. O lançamento de June foi descontrolado, inútil. A pedra escapou muito cedo de sua mão e caiu de lado, sem força. Mais leve, o braço de June cortou o ar.

O cão maior estava abaixado, pronto para o bote, à espera de um instante de distração. Os músculos das ancas vibravam. Uma das patas traseiras riscou o chão em busca de melhor apoio. June tinha apenas mais alguns segundos, e sua mão já segurava a terceira pedra; que passou por sobre o dorso do cão e atingiu a trilha. O som fez o cão virar a cabeça ligeiramente, e nesse instante, nesse segundo adicional, June se moveu. Não tinha nada a perder. Em um delírio de abandono, atacou. Tinha passado do medo à fúria ao pensar que sua felicidade, as esperanças dos últimos meses, e agora a revelação daquela luz extraordinária, estivessem prestes a ser destruídas por uma dupla de cães abandonados. Segurou o canivete com a mão direita, empunhou a mochila como um escudo e correu para cima dos cães, guinchando um terrível aaaaaaa!

A cadela recuou num salto. O maior, todavia, resolveu enfrentá-la. Deu o bote. June se inclinou para a frente de modo a absorver o impacto, e o animal cravou os dentes na mochila. Tinha apenas as patas traseiras no chão, e ela segurava seu peso somente com um braço. Estava quase cedendo. A cara do cão estava a centímetros do seu rosto. June golpeou de baixo para cima com o canivete, três rápidas punhaladas na barriga e nos flancos. Ficou surpresa ao ver a facilidade com que a lâmina penetrava. Uma bela faquinha. Ao receber o primeiro golpe, os olhos vermelho-amarelados do cão se arregalaram. No segundo e no terceiro, antes de soltar a mochila, emitiu ganidos agudos e queixosos, um barulho de cachorrinho. Incentivada pelo som e voltando a gritar, June desferiu um quarto golpe. Mas o peso do animal estava recuando, e ela errou. O movimento do braço fez com que perdesse o equilíbrio. Ela se estatelou de bruços, com a cara na trilha.

Tinha perdido o canivete. Sua nuca estava exposta. Encolheu os ombros em um movimento trêmulo e prolongado, recolheu os braços e as pernas e cobriu o rosto com as mãos. Agora pode vir, foi a única coisa em que pensou. Pode vir.

Mas não veio. Quando tomou coragem para levantar a cabeça, viu os cães a cem metros de distância, ainda correndo, voltando por onde tinham aparecido. Depois viraram na curva da trilha e sumiram.

Bernard a encontrou quinze minutos mais tarde, sentada na trilha. Quando a ajudou a se levantar, June comentou, lacônica, que tinha se assustado com dois cães e que queria voltar. Ele não viu o canivete ensanguentado, e June esqueceu de apanhá-lo. Bernard começou a dizer que seria uma tolice perder a bela descida até Navacelles, e que ele mesmo lidaria com os cães. Mas June já estava se afastando. Forçar uma decisão daquela maneira não era do seu feitio. Quando apanhou a mochila, Bernard notou uma fileira curva de perfurações na lona e uma mancha de espuma, mas estava concentrado demais em alcançar June. Quando conseguiu, ela sacudiu a cabeça. Não tinha mais nada a dizer.

Bernard puxou seu braço, para fazê-la parar. "Vamos pelo menos discutir o assunto. É uma mudança radical de planos." Percebendo que ela estava alterada, ele tentava manter a própria irritação sob controle. Ela se desvencilhou e seguiu em frente. Havia algo de mecânico em seus passos. Bernard a alcançou novamente, ofegante por conta do peso de duas mochilas.

"Aconteceu alguma coisa."

O silêncio dela foi uma confirmação.

"Pelo amor de Deus, me conte o que foi."

"Não consigo." Ela ainda estava caminhando.

Bernard gritou. "June! Isso é absurdo."

"Não me peça para falar. Bernard, me ajude a chegar em St. Maurice. Por favor."

Ela não esperou uma resposta. Não pretendia argumentar. Ele nunca a tinha visto daquele jeito. De repente decidiu fazer o que ela pedia. Voltaram até o alto do desfiladeiro e atravessaram o pasto em meio à violência crescente do calor, na direção da torre do *château* do vilarejo.

No Hôtel des Tilleuls, June subiu os degraus até o terraço e se sentou à sombra irregular dos limoeiros, agarrando com as duas mãos a borda de uma mesa de latão pintado, como se estivesse dependurada de um penhasco. Bernard se sentou à sua frente e estava tomando fôlego para fazer a primeira pergunta quando ela levantou as mãos, com as palmas voltadas para ele, e sacudiu a cabeça. Pediram *citrons pressés*. Enquanto esperavam, Bernard contou sobre o trem de taturanas, sem omitir nenhum detalhe, e lembrou de sua observação sobre a natureza alienígena de outras espécies. June às vezes assentia com a cabeça, ainda que nem sempre nos momentos certos.

Madame Auriac, a proprietária, trouxe as bebidas. Era uma mulher ativa e maternal, que eles tinham batizado de sra. Tiggywinkle na noite anterior. Tinha perdido o marido em 1940, quando os alemães cruzaram a fronteira com a Bélgica. Ao saber que eram ingleses e estavam em lua de mel, transferiu o casal para um quarto com banheiro, sem custo adicional. Sobre uma bandeja, trouxe os copos de suco de limão, uma jarra de vidro com a marca Ricard cheia d'água e um pires com mel no lugar do açúcar, que ainda era racionado. Sentiu que havia algo errado com June, pois colocou seu copo na mesa com cuidado. Então, um momento antes de Bernard, viu a mão direita de June e, entendendo errado o sangue que havia ali, tomou-a na sua e exclamou: "Que corte feio, pobrezinha. Entre comigo e vamos cuidar disso".

June foi dócil. *Madame* Auriac segurou sua mão enquanto ela se levantava. Estava prestes a se deixar conduzir até o hotel quando seu rosto se contorceu e ela emitiu uma nota aguda e estranha, como um grito de surpresa. Bernard se levantou, estarrecido, imaginando que estava prestes a testemunhar um nascimento, um aborto espontâneo, algum desastre feminino espetacular. *Madame* Auriac, mais contida, ajudou a jovem inglesa e retornar à cadeira. June foi dominada por uma série de soluços áridos e entrecortados, que, por fim, deram lugar a um choro abundante e infantil.

Quando conseguiu voltar a falar, June contou sua história. Sentou perto de *Madame* Auriac, que tinha pedido conhaque. Bernard segurou a mão de June por cima da mesa, mas de início ela não estava disposta a aceitar que ele a consolasse. Ainda não tinha perdoado sua ausência em um momento crucial, e a descrição daquelas taturanas ridículas tinha mantido vivo o rancor. Porém, ao chegar no clímax da história e ver a expressão atônita e orgulhosa de Bernard, entrelaçou os dedos aos dele e devolveu sua pressão carinhosa.

Madame Auriac pediu ao garçom que fosse buscar o *Maire*, mesmo que já estivesse tirando a sesta. Bernard abraçou a esposa e a parabenizou pela coragem. O conhaque aquecia o estômago de June. Pela primeira vez, ela se deu conta de que a experiência tinha terminado; no pior dos casos, era uma memória vívida. Era uma história, da qual ela se saíra muito bem. Em meio ao alívio, ela se lembrou de seu amor por Bernard, de modo que, quando o *Maire* subiu os degraus até o terraço, com a barba por fazer e ainda zonzo por conta da soneca interrompida, topou com uma cena feliz e comemorativa, um pouco idílica, contemplada por uma sorridente *Madame* Auriac. Como era de esperar, ele se mostrou irritado ao querer saber o que seria tão urgente para tirá-lo da cama e arrastá-lo para o sol do início de tarde.

Madame Auriac parecia ter algum poder sobre o *Maire*. Depois que ele apertou as mãos do casal inglês, recebeu ordens de se sentar. Ainda rabugento, aceitou um conhaque. Quando *Madame* pediu que o garçom trouxesse um bule de café para a mesa, ele se animou. Café de verdade ainda era um produto escasso. Aquele era bem escuro, feito do melhor grão árabe. O *Maire* ergueu o copo pela terceira vez. *Vous êtes Anglais?* Ah, seu filho, agora estudante de engenharia em Clermont-Ferrand, tinha combatido ao lado da Força Expedicionária Britânica, e sempre dizia...

"Hector, deixe isso para depois", disse *Madame* Auriac. "Temos uma situação grave", e, para poupar June do esforço de se repetir, contou a história, aumentando apenas um pouco.

144

Contudo, quando *Madame* Auriac a fez lutar com o cachorro antes das punhaladas, June achou por bem intervir. Os franceses interpretaram essa interrupção como um irrelevante excesso de modéstia. Por fim, *Madame* Auriac mostrou a mochila de June. O *Maire* assobiou entredentes e deu seu veredicto: *"Ç'est grave"*. Dois cães selvagens famintos, possivelmente raivosos, um dos quais irritadiço por conta dos ferimentos, eram sem dúvida uma ameaça pública. Assim que terminasse aquele copo, reuniria alguns moradores e os enviaria ao desfiladeiro para encontrar os animais e abatê-los a tiros. Também daria um telefonema para Navacelles, a fim de ver o que eles poderiam fazer do lado deles.

O *Maire* parecia prestes a se levantar. Então apanhou o copo vazio e voltou a se acomodar na cadeira.

"Isso já aconteceu antes", disse. "No inverno passado. Lembra?"

"Não fiquei sabendo", respondeu *Madame* Auriac.

"Na última vez tinha só um cão. Mas era a mesma coisa, pelo mesmo motivo."

"Motivo?", Bernard quis saber.

"Então você não sabe? Ah, *c'est une histoire*." O *Maire* empurrou o copo na direção de *Madame* Auriac, que chamou o garçom. Este se aproximou e cochichou algo no ouvido dela. Com um gesto de *Madame*, ele puxou uma cadeira para si. De repente, a filha de *Madame* Auriac, Monique, que trabalhava na cozinha, apareceu com uma bandeja. Levantaram copos e xícaras para que ela estendesse uma toalha branca e colocasse sobre ela duas garrafas de *vin de pays*, taças, um cesto de pães, uma tigela com azeitonas e um punhado de talheres. Nos vinhedos, além do terraço à sombra, as cigarras intensificaram seu som quente e seco. E o tempo, o tempo da tarde, que no *Midi* é tão elementar quanto o ar e a luz, se expandiu e rolou como uma onda por sobre o resto do dia, subindo até a abóbada do céu azul-cobalto, libertando todos das obrigações com seu delicioso esparramar.

Monique voltou com uma *terrine de porc* em uma travessa

marrom esmaltada bem quando o *Maire*, que tinha acabado de encher as novas taças com vinho, estava começando.

"De início, este era um vilarejo tranquilo — estou falando de 1940 e 1941. Demoramos para nos organizar, e por causa de... bem, história, rixas familiares, brigas estúpidas, fomos deixados de fora de um grupo que se formou em torno de Madière, o vilarejo rio acima. Mas então, em 1942, em março ou abril, alguns de nós ajudamos na criação da linha Antoinette. Ela se estendia do litoral, perto de Sète, atravessava a Séranne, passava por aqui, adentrava as Cévennes e subia até Clermont. Cortava caminho pela linha Philippe, que ia de leste a oeste até os Pireneus e a Espanha."

O *Maire*, interpretando mal a ausência deliberada de expressão no rosto de Bernard, e o fato de June estar olhando para baixo, apressou-se em explicar.

"Vou dizer do que se tratava. Nosso primeiro trabalho, por exemplo. Radiotransmissores trazidos por submarino até Cap d'Agde. Nossa seção os levou de La Vacquerie até Le Vigan em três noites. Nem queríamos saber para onde iriam depois disso. Entendem?"

Bernard assentiu com avidez, como se de repente tudo tivesse ficado claro. June manteve os olhos baixos. Nunca tinham conversado sobre o trabalho que fizeram na guerra, e não fariam isso até 1974. Bernard tinha organizado inventários para diversos carregamentos em rotas diferentes, ainda que nunca tenha se envolvido diretamente em uma linha tão secundária quanto a Antoinette. June tinha trabalhado com um grupo que colaborava com a França Livre nas diretrizes da Executiva de Operações Especiais na França de Vichy, mas também não sabia nada sobre a Antoinette. Durante toda a história do *Maire*, Bernard e June evitaram se olhar.

"Antoinette funcionou bem", disse o *Maire*, "por sete meses. Éramos poucos por aqui. Passamos agentes e operadores de rádio para o norte. Às vezes eram apenas suprimentos. Ajudamos um piloto canadense a chegar ao litoral..."

Certa agitação da parte de *Madame* Auriac e do garçom

sugeria que já tinham ouvido aquilo por vezes sem conta diante de uma garrafa de conhaque, ou que achavam que o *Maire* estava se gabando. *Madame* Auriac conversava em voz baixa com Monique, dando instruções sobre o próximo prato.

"Mas aí", disse o *Maire*, levantando a voz, "alguma coisa deu errado. Alguém abriu a boca. Dois foram presos em Arboras. Então chegou a *Milice*."

O garçom virou a cabeça educadamente e cuspiu ao pé de um limoeiro.

"Investigaram a linha toda, se instalaram aqui no hotel e interrogaram o vilarejo inteiro, pessoa por pessoa. Tenho orgulho em dizer que não descobriram nada, absolutamente nada, e foram embora. Mas aquilo foi o fim da Antoinette, e dali em diante St. Maurice ficou sob suspeita. De repente, compreenderam que controlávamos uma rota para o norte através da Gorge. Não éramos mais obscuros. Passavam por aqui dia e noite. Recrutaram informantes. Os *maquis* de Cévennes mandaram um homem para cá e houve uma briga. Éramos isolados, verdade, mas também éramos fáceis de vigiar, e isso os *maquis* não entendiam. Temos o *Causse* às nossas costas, sem proteção nenhuma. Em frente fica a Gorge, com poucas trilhas que descem.

"Mas por fim começamos de novo, e quase de imediato nosso *Docteur* Boubal foi preso. Levaram-no até Lyon. Foi torturado, e achamos que morreu antes de falar. No dia em que ele se foi, a Gestapo chegou. Vieram com cães, animais imensos e horríveis que usavam nas montanhas para localizar os esconderijos dos *maquis*. A história era essa, mas nunca acreditamos que eram cães de caça. Eram cães de guarda, não sabujos. A Gestapo chegou com esses cães, confiscaram uma casa no centro do vilarejo e ficaram ali por três dias. Não ficou claro o que queriam. Foram embora, e dez dias mais tarde estavam de volta. E duas semanas depois disso. Eles se moviam pela região inteira, e nunca sabíamos quando ou onde apareceriam. Cuidavam para sempre serem vistos com aqueles cães, se metendo na vida de todos. A intenção era intimidar, e funcionou. Todos morriam de medo daqueles cães e de seus tratadores. Do nosso ponto de vista, era difícil sair de casa à noite com os cães patrulhando o vilarejo. E a essa altura, os informantes da *Milice* já estavam bem instalados."

O *Maire* esvaziou a taça com dois goles longos e se serviu de mais vinho.

"Então descobrimos o verdadeiro propósito daqueles cães, ou pelo menos de um deles."

"Hector...", *Madame* Auriac alertou. "Isso não..."

"Primeiro", disse o *Maire*, "preciso contar uma coisa sobre Danielle Bertrand..."

"Hector", insistiu *Madame* Auriac. "A moça não quer ouvir essa história."

Qualquer que fosse o poder que ela exercia sobre o *Maire*, tinha se perdido com o conhaque.

"Não se pode dizer", ele prosseguiu, "que *Madame* Bertrand chegou a ser popular por aqui."

"Graças a você e aos seus amigos", comentou *Madame* Auriac em voz baixa.

"Ela chegou depois do começo da guerra, e foi morar em uma casinha herdada da tia numa parte mais afastada do vilarejo. Disse que o marido tinha sido morto perto de Lille em 1940, o que podia ser verdade ou não."

Madame Auriac sacudia a cabeça. Estava recostada na cadeira, de braços cruzados.

"Desconfiamos. Podíamos estar enganados..."

Isso foi uma concessão a *Madame* Auriac, mas ela não olhou para ele. Sua reprovação assumia a forma de um silêncio furioso. "Mas na guerra as coisas são assim", ele prosseguiu, com um gesto amplo sugerindo que isso era o que *Madame* Auriac diria, caso resolvesse falar.

"Uma forasteira vindo morar conosco, uma mulher, e ninguém sabia de onde ela tirava seu dinheiro, e ninguém lembrava da velha *Madame* Bertrand ter mencionado uma sobrinha, e ela era tão arredia, passava o dia inteiro na cozinha com pilhas de livros. Claro que desconfiamos. Não gostávamos dela, e ponto final. E digo tudo isso porque quero que *Madame* enten-

148

da" — estava falando com June — "que, apesar de tudo que falei, fiquei horrorizado com os acontecimentos de abril de 1944. Foi algo que inspirou um profundo arrependimento ..."

Madame Auriac bufou. "Arrependimento!"

Naquele momento, Monique chegou com uma grande *cassole* de barro e por quinze minutos a atenção foi devidamente transferida ao *cassoulet*, com comentários elogiosos de todos os presentes, e *Madame* Auriac, satisfeita, respondeu com a história de como tinha topado com um ingrediente essencial, o ganso em conserva.

Quando a refeição terminou, o *Maire* voltou à sua história. "Certa noite, depois do trabalho, três ou quatro de nós estávamos sentados nesta mesma mesa quando avistamos *Madame* Bertrand correndo pela rua em nossa direção. Estava em péssimo estado. As roupas estavam rasgadas, o nariz sangrava e ela tinha um corte acima da sobrancelha. E gritava, não, tagarelava coisas sem sentido, e subiu correndo até aqui, por esses mesmos degraus, e entrou para procurar *Madame*..."

Madame Auriac interrompeu. "Ela tinha sido estuprada pela Gestapo. Perdão, *Madame*", e colocou a mão sobre a mão de June.

"Foi o que todos imaginamos", disse o *Maire*.

Madame Auriac levantou a voz. "E tinham razão."

"Não foi o que descobrimos mais tarde. Pierre e Henri Sauvy..."

"Uns bêbados!"

"Eles viram tudo acontecer. Perdão, *Madame*" — para June — "mas eles amarraram Danielle Bertrand a uma cadeira."

Madame Auriac deu um tapa vigoroso no tampo da mesa. "Hector, preste atenção no que vou dizer. Não aceito que essa história seja contada aqui..."

Mas Hector se dirigiu a Bernard. "Não foi a Gestapo que a estuprou. Eles usaram..."

Madame Auriac se levantou. "Você vai sair agora mesmo da minha mesa, e nunca mais vai comer ou beber aqui!"

Hector hesitou, e então deu de ombros, e estava deixando a

cadeira quando June perguntou: "Usaram o quê? Do que *Monsieur* está falando?"

O *Maire*, antes tão ansioso por contar sua história, vacilou diante da pergunta direta. "É preciso entender, *Madame*... Os irmãos Sauvy viram com os próprios olhos, pela janela... e ouvimos mais tarde que isso também acontecia nos centros de interrogatório de Lyon e Paris. A verdade sem enfeites é que um animal pode ser treinado para..."

Madame Auriac enfim explodiu. "A verdade sem enfeites? Já que sou a única por aqui, a única neste vilarejo que conhecia Danielle, vou contar a verdade sem enfeites!"

Estava muito ereta, tremendo de fúria e indignação. Era impossível, Bernard se lembrava de ter pensado, não acreditar nela. O *Maire* ainda não tinha levantado por inteiro, o que fazia parecer que estava encolhido de medo.

"A verdade sem enfeites é que os irmãos Sauvy são uma dupla de bêbados, e que você e seus amiguinhos desprezavam Danielle Bertrand por ela ser bonita, morar sozinha e não achar que devia qualquer explicação a vocês ou a ninguém. E quando essa coisa horrível aconteceu com ela, por acaso vocês a ajudaram contra a Gestapo? Não, vocês ficaram do lado deles. Vocês aumentaram a vergonha dela com essa história, essa história maldosa. Todos vocês, tão dispostos a acreditar num par de bêbados. Vocês adoraram. Mais uma humilhação para Danielle. Não paravam de falar nisso nem por um minuto. Expulsaram aquela pobre mulher do vilarejo. Mas ela valia bem mais que vocês todos juntos, e a culpa é de vocês, de todos vocês, mas especialmente sua, Hector, por conta da sua posição. E é por isso que estou dizendo pela última vez. Nunca mais quero ouvir essa história nojenta ser repetida. Entendeu? Nunca mais!"

Madame Auriac se sentou. Por não contestar a versão dela, o *Maire* pareceu se sentir no direito de fazer o mesmo. O silêncio recaiu sobre a mesa enquanto Monique retirava os pratos.

Então June pigarreou. "E os cães que vi hoje cedo?"

O *Maire* respondeu em voz baixa. "São os mesmos, *Madame*. Os cães da Gestapo. Veja bem, pouco tempo depois, tudo

150

mudou. Os aliados estavam desembarcando na Normandia. Quando começaram a avançar, os alemães transferiram unidades para o combate no norte. Como o grupo que estava por aqui não fazia nada de útil além de intimidar os moradores, foi dos primeiros a ir embora. Os cães foram deixados para trás, e se tornaram selvagens. Achamos que não iam durar, mas se alimentaram das ovelhas. Faz dois anos que se tornaram uma ameaça. Mas não se preocupe, *Madame*. Nesta tarde, esses dois serão abatidos a tiros."

E com o amor-próprio restaurado por essa promessa cavalheiresca, o *Maire* esvaziou a taça, voltou a enchê-la de vinho e propôs um brinde. "À paz!"

Mas espiadelas rápidas na direção de *Madame* Auriac mostraram que ela continuava sentada de braços cruzados, de modo que a resposta ao brinde do *Maire* não foi muito entusiasmada.

Depois do conhaque, do vinho e do almoço demorado, o *Maire* não conseguiu reunir um grupo de moradores para ir ao desfiladeiro naquela tarde. Na manhã seguinte, a mesma coisa; nada tinha acontecido. Bernard ficou impaciente. Ainda estava decidido a fazer a caminhada que tinha se anunciado diante deles no Dolmen de la Prunarède. Queria passar na casa do *Maire* logo após o café da manhã. June, contudo, estava aliviada. Tinha questões a considerar, e nenhuma disposição para uma caminhada exaustiva. A vontade de voltar para casa, que tinha sentido antes, estava mais forte do que nunca. E ela tinha arranjado uma racionalização perfeita. Deixou claro para Bernard que, mesmo se visse os cães mortos aos seus pés, não tinha a menor intenção de descer a pé até Navacelles. Ele reclamou, mas June tinha certeza de que ele compreendia. E *Madame* Auriac, que os tinha servido em pessoa no café da manhã, compreendia também. Contou aos dois sobre uma trilha *"doux et beau"* que se estendia na direção sul, rumo a La Vacquerie, para então subir uma colina antes de descer do Causse até o vilarejo de Les Salces. A menos de um quilômetro ficava St. Privat, onde ela tinha primos que os abrigariam à noite por um preço simbólico. De lá poderiam chegar a Lodève em um dia de caminhada agradável. Era bem simples! *Madame* Auriac desenhou um mapa, escreveu os nomes e endereços dos primos, encheu as garrafas d'água, deu um pêssego para cada um e acompanhou o casal na estrada por algum tempo, antes de trocarem beijinhos no rosto — na época, um ritual exótico para os ingleses — e dar um abraço especial em June.

O Causse de Larzac entre St. Maurice e La Vacquerie é mesmo mais suave que a região inóspita mais a oeste. Já fiz essa trilha várias vezes. Talvez pelo fato de as fazendas, as *mas*, ficarem mais próximas umas das outras, e sua influência benigna na paisagem persistir pelo trajeto inteiro. Talvez seja a influência arcaica do *polje*, um leito de rio pré-histórico que forma um ângulo reto com a Gorge. Uma extensão de setecentos metros de aleia, quase um túnel, tomado por roseiras selvagens, passa por uma lagoinha em um campo que, naquela época, era reservado por uma idosa excêntrica para jumentos velhos demais para trabalhar. Foi perto dali que o jovem casal se deitou em um canto sombreado, e sem fazer alarde — pois alguém podia aparecer na aleia —, reestabeleceu a união doce e fácil de duas noites antes.

No final da manhã seguinte, sem pressa, chegaram ao vilarejo. Em tempos antigos, La Vacquerie ficava na rota principal das carruagens do Causse a Montpellier, antes que fosse construída a estrada a partir de Lodève, em 1864. Como St. Maurice, ainda tinha seu hotel restaurante, e ali Bernard e June se sentaram em cadeiras na calçada estreita, de costas para a parede, bebericando cerveja. Pediram o almoço. June tinha voltado a ficar em silêncio. Queria falar sobre a luz colorida que tinha visto ou sentido, mas tinha certeza de que Bernard não levaria a sério. Também queria conversar sobre a história do *Maire*, mas Bernard já tinha deixado claro que não acreditava em uma palavra sequer. Ela não queria uma disputa verbal, mas o silêncio estava provocando um rancor que só cresceria nas semanas subsequentes.

152

Ali perto, onde a estrada principal se bifurcava, havia uma cruz de ferro sobre uma base de pedra. Observado pelo casal inglês, um pedreiro gravava mais meia dúzia de nomes. No outro extremo da rua, protegida pela sombra da entrada de uma casa, uma mulher um tanto jovem vestida de negro assistia. Era tão branca que, de início, eles imaginaram que sofria de alguma doença grave. Estava perfeitamente imóvel, com a mão segurando uma das pontas do lenço para cobrir a boca. O pedreiro parecia constrangido, e trabalhava de costas para ela. Depois de quinze minutos, um idoso de macacão azul se aproximou arrastando as pantufas, segurou a mão dela sem dizer uma palavra e a levou embora. Quando o *propriétaire* saiu do hotel, indicou com a cabeça o espaço vazio do outro lado da rua e murmurou: "*Trois. Mari et deux frères*" enquanto servia as saladas.

Esse incidente sombrio acompanhou o casal, ambos já de barriga cheia, na subida quente e trabalhosa da colina, rumo à Bergerie de Tédenat. Pararam na metade do caminho à sombra de um pequeno bosque de pinheiros antes de enfrentar um trecho longo de terreno aberto. Bernard lembraria daquele momento pelo resto da vida. Enquanto ambos tomavam goles das garrafas d'água, ele teve uma impressão da guerra recém-concluída não como um fato histórico e geopolítico, mas como uma multiplicidade, uma quase infinidade de lutos particulares, como um pesar sem limites subdividido em pedaços minúsculos sem perder nem um pouco da força entre indivíduos que encobriam o continente como poeira, como esporos cujas identidades separadas permaneceriam desconhecidas, e cuja totalidade exibia mais tristeza do que qualquer pessoa jamais conseguiria sequer começar a compreender; um peso carregado em silêncio por centenas de milhares, milhões, como a mulher de luto por um marido e dois irmãos, cada luto uma história de amor específica, intrincada, fúnebre, mas que poderia ter sido outra coisa. Era como se ele nunca tivesse pensado sobre a guerra, sobre seu custo. Tinha se ocupado tanto com os detalhes das suas funções, concentrado em fazer um bom trabalho, e sua visão mais ampla tinha sido composta de objetivos de guerra, de vitórias, de estatísticas de mortes, estatísticas de destruição e de reconstrução pós-guerra. Pela primeira vez, sentiu a escala da catástrofe em termos de sentimento; todas aquelas mortes únicas e solitárias, com o consequente sofrimento também único e solitário, que não aparecia em conferências, em manchetes, na história, e que tinha se recolhido em silêncio para dentro de casas, cozinhas, camas não compartilhadas e lembranças aflitas. Isso se abateu sobre Bernard ao lado de um pinheiro no Languedoc em 1946, não como uma observação que ele conseguiria dividir com June, mas como uma apreensão profunda, um reconhecimento de uma verdade que o consternou até forçá-lo ao silêncio e, mais tarde, a uma pergunta: o que poderia sair de bom de uma Europa coberta por essa poeira, por esses esporos, quando esquecer seria desumano e perigoso, e lembrar, uma tortura constante?

June conhecia a descrição de Bernard desse momento, mas afirmava não ter nenhuma lembrança da mulher de preto que fosse realmente sua. Quando passei por La Vacquerie em 1989, a caminho do dólmen, descobri que as inscrições na base do monumento eram frases em latim. Não havia nenhum nome de mortos de guerra.

Quando chegaram ao topo, o estado de espírito tinha melhorado. De lá tinham uma vista excelente na direção do desfiladeiro, a treze quilômetros de distância, e conseguiram traçar a caminhada matinal como se fosse um mapa. Foi ali que começaram a se perder. O desenho de *Madame* Auriac não deixava claro o ponto em que precisavam sair da trilha que passa pela Bergerie de Tédenat. Saíram dela cedo demais, seduzidos por um dos caminhos feitos por caçadores, que se entrecruzam por um matagal de tomilho e lavanda. June e Bernard não se preocuparam. O terreno era pontilhado com afloramentos de rocha dolomítica esculpidos pelas intempéries na forma de torres e arcos partidos, e ambos tinham a impressão de estar andando pelas ruínas de um povoado antigo tomado por um jardim encantador. Vagaram alegres por mais de uma hora na direção que julgavam ser a correta. Tinham de prestar atenção a uma trilha larga e arenosa, a partir da qual encontrariam o caminho que conduziria à descida íngreme sob o Pas de l'Azé até chegar em Les Salces. Teria sido difícil de encontrar mesmo com o melhor dos mapas.

Quando a tarde foi se transformando em início de noite, ambos começaram a sentir cansaço e irritação. A Bergerie de Tédenat é um celeiro comprido e baixo que se destaca contra a linha do horizonte. Estavam subindo a duras penas a suave ladeira que os levaria de volta até lá quando ouviram um som estranho vindo do oeste, uma batida repetida. Ao se aproximar deles, o ruído se dividia em mil pontos de som melodioso, como se carrilhões, xilofones e marimbas estivessem competindo em um contraponto selvagem. Aquilo fez Bernard pensar em água gelada pingando sobre pedras lisas.

Pararam de andar e esperaram, encantados. A primeira coisa que enxergaram foi uma nuvem de poeira ocre, iluminada por trás pelo sol baixo, mas ainda muito forte, e então as primeiras ovelhas surgiram de uma curva no caminho, assustadas com o encontro repentino, mas incapazes de dar meia-volta por conta do rio de ovelhas que surgia às suas costas. Bernard e June subiram em uma rocha e ficaram parados em meio à poeira que se erguia e ao clamor das sinetas, esperando o rebanho passar.

O cão pastor que vinha trotando logo atrás percebeu o casal ao passar por eles, mas não lhes deu atenção. Mais de cinquenta metros depois apareceu o pastor, o *berger*. Assim como o cão, ele enxergou o casal e não demonstrou o menor interesse por eles. Teria passado apenas com um simples aceno de cabeça se June não tivesse pulado na trilha bem à sua frente e perguntado qual era o caminho para Les Salces. O pastor levou vários passos até parar de vez, e não respondeu de imediato. Usava o bigode grosso de pontas caídas tradicional entre os *bergers*, e trazia na cabeça o mesmo chapéu que o casal. Bernard se sentiu uma fraude e quase arrancou o seu da cabeça. Achando que seu francês de Dijon talvez fosse ininteligível, June começou a se repetir bem devagar. O *berger* acomodou a manta gasta que trazia nos ombros, indicou com a cabeça a direção que as ovelhas seguiam

155

e continuou andando a passos rápidos para tomar a frente do rebanho. Resmungou algo que nenhum dos dois entendeu, mas imaginaram que deviam segui-lo.

Depois de vinte minutos, o *berger* se meteu no meio dos pinheiros e o cão conduziu as ovelhas até lá. Bernard e June já tinham passado três ou quatro vezes por ali. Eles se viram em uma pequena clareira na beirada de um penhasco, diante do pôr do sol, dos cumes gastos das colinas baixas e arroxeadas e do mar distante. Era o mesmo panorama que tinham admirado à luz da manhã do alto de Lodève três dias antes. Estavam na beira do platô, prontos para descer. Estavam voltando para casa.

Comovida, já tomada pela premonição inquieta de uma alegria que preencheria sua vida, e então a vida de Jenny, e depois a minha e a de nossos filhos, June se virou, com ovelhas esbarrando em seu corpo no espaço apertado em frente à beirada do penhasco para agradecer o *berger*. O cão já estava conduzindo o rebanho por um caminho calçado com pedras que passava por sob uma imensa massa rochosa, o Pas de l'Azé. "É tão bonito", gritou June, competindo com as sinetas. O homem olhou para ela. Os termos de June não faziam nenhum sentido para ele, que se virou. Eles o acompanharam na descida.

Talvez o *berger* também estivesse afetado por saudades de casa, ou talvez, e essa era a interpretação de Bernard, mais cínica, ele já tivesse um plano em mente quando começou a falar mais durante a descida. Não era comum, explicou o *berger*, descer do Causse com as ovelhas tão cedo. A *transhumance* começava em setembro. Mas como seu irmão tinha morrido em um acidente de moto havia pouco tempo, ele precisava descer para cuidar de várias questões. Dois rebanhos seriam mesclados, algumas das ovelhas seriam vendidas, havia propriedades a vender e dívidas a saldar. Esse relato, com pausas longas, os levou por uma trilha que descia por um bosque de carvalhos, passando por uma *bergerie* em ruínas que pertencia ao tio do pastor, por uma vala seca e então por mais azinheiras, até enfim emergirem perto de uma colina encimada por pinheiros, de onde passaram a um amplo trecho de terreno em terraços, banhado pelo sol, diante de um vale de vinhedos e carvalhos. Lá embaixo, a menos de dois quilômetros de distância, ficava o vilarejo de St. Privat, empoleirado à beira de um pequeno desfiladeiro cortado por um córrego minúsculo. Postada confortavelmente entre os degraus do terreno, bem de frente para o vale, à luz do crepúsculo, havia uma *bergerie* de pedra cinza. Logo ao seu lado, um campo não muito amplo onde o cão perseguia as últimas ovelhas. Ao norte, erguendo-se absolutos e fazendo uma curva noroeste em um vasto anfiteatro rochoso, estavam os penhascos da beirada do platô.

O *berger* os convidou a sentar do lado de fora da *bergerie* enquanto buscava água na nascente. June e Bernard ficaram sentados em uma rocha, tendo às costas a parede morna e irregular, assistindo ao sol se pôr por trás das colinas na direção de Lodève. Enquanto isso, a luz foi se tornando arroxeada e por ela soprou uma brisa fria, e as cigarras modularam o tom. Nenhum dos dois disse nada. O *berger* voltou com uma garrafa de vinho cheia d'água e todos beberam. Bernard cortou em pedaços os pêssegos de *Madame* Auriac e dividiu entre eles. O *berger*, cujo nome ainda não sabiam, tinha acabado com seu repositório de conversa e batido em retirada para dentro de si. Mas seu silêncio era reconfortante, sociável, e, com os três sentados ali, enfileirados, June no meio, assistindo ao céu explodir em cores, ela sentiu uma paz e uma amplitude se espalhando dentro de si. Seu contentamento tinha uma profundidade e uma tranquilidade que a fizeram pensar que até então nunca tinha experimentado a verdadeira felicidade. A experiência de duas noites antes no Dolmen de la Prunarède tinha sido uma premonição daquilo, frustrada por um palavrório interminável, boas intenções, planos de melhorias da condição material de estranhos. Entre aquele momento e este, o que havia eram os cães negros, e a luminosidade oblonga que ela não mais enxergava, mas cuja existência sustentava seu júbilo.

Ela estava a salvo naquele pedacinho de terra acocorado sob o despenhadeiro do platô. Estava transformada em si mesma, estava mudada. Isso, agora, aqui. Sem dúvida, era aquilo que a existência se esforçava por ser, e tão raras eram as chances de saborear a si mesma por inteiro no presente, o momento em toda sua simplicidade — o ar aveludado do crepúsculo de verão, a fragrância do tomilho ao ser pisado, sua fome, sua sede satisfeita, a pedra quente que sentia através da camisa, o sabor residual do pêssego, a mão grudenta, as pernas cansadas, a fadiga suada, ensolarada, empoeirada, e aqueles dois homens, um que ela conhecia e amava, outro em cujo silêncio confiava e que estava à espera, ela tinha certeza, de que ela tomasse o próximo e inevitável passo.

Quando June perguntou se podia dar uma olhada na *bergerie* por dentro, ele parecia ter ficado em pé antes mesmo que ela terminasse a pergunta, e logo tomou o rumo da porta da frente na parede norte. Bernard alegou estar confortável demais para se mexer. June acompanhou o *berger* na escuridão total. Ele acendeu uma lamparina e a segurou no alto. Ela avançou um ou dois passos e parou. Sentia um cheiro doce de palha e poeira. Ela estava dentro de uma estrutura comprida, semelhante a um celeiro, com telhado em declive, dividida em dois andares por um teto arcado de pedra, que em um dos cantos tinha desmoronado. O chão era de terra batida. June ficou parada em silêncio por um minuto e o homem esperou, paciente. Quando enfim ela se virou e perguntou "*Combien?*", ele estava com o preço na ponta da língua.

Custou o equivalente a trinta e cinco libras, e veio com oito hectares de terras. June tinha economias suficientes em casa para levar o negócio adiante, mas só na tarde seguinte juntou coragem para contar a Bernard o que tinha feito. Para sua surpresa, ele não tentou se opor com uma barragem de argumentos sensatos sobre a necessidade que tinham de comprar uma casa na Inglaterra primeiro, ou sobre a imoralidade de ter duas casas quando tantas pessoas no mundo todo não tinham onde morar. Jenny nasceu no ano seguinte, e June não voltou à *bergerie* até o verão de 1948, quando cuidou de algumas melhorias discretas. Novas construções no estilo local foram adicionadas para acomodar a família que crescia. A nascente foi canalizada em 1955. Em 1958 instalaram a luz elétrica. Ao longo dos anos, June consertou os terraços, canalizou uma outra nascente menor para irrigar os pomares de pêssego e azeitona que plantara, e criou um labirinto encantador e muito inglês com os arbustos que cresciam na encosta.

Em 1951, depois que seu terceiro filho nasceu, June decidiu morar na França. Na maior parte do tempo, ficava com as crianças. Às vezes, elas passavam longos períodos com o pai em Londres. Em 1957, frequentaram as escolas locais em St. Jean de la Blacquière. Em 1960, Jenny foi para o *lycée* em Lodève. As crianças Tremaine passaram a infância num vaivém entre a Inglaterra e a França, zeladas por senhoras bondosas em trens ou por funcionárias enérgicas da Universal Aunts, entre pais que se recusavam a morar juntos ou a se separarem de uma vez por todas. Pois June, convencida da existência do mal e de Deus, e certa de que ambos eram incompatíveis com o comunismo, descobriu que não tinha como convencer Bernard nem como abrir mão dele. E ele, por sua vez, a amava, e se enfurecia com a vida encerrada em si mesma e desprovida de qualquer responsabilidade social que ela levava.

Bernard deixou o Partido e se tornou uma "voz da razão" durante a Crise de Suez. Chamou a atenção com sua biografia de Nasser, e logo em seguida se tornou o esquerdista vigoroso e animado nos programas de debates da BBC. Em 1961, foi o candidato trabalhista em uma eleição suplementar e fracassou com dignidade. Tentou de novo em 1964 e conseguiu. Foi mais ou menos nessa época que Jenny foi para a universidade, e June, temendo que a filha estivesse sofrendo uma influência excessiva de Bernard, escreveu durante o primeiro período uma daquelas cartas antiquadas, cheias de conselhos, que os pais às vezes entregam aos filhos que estão de partida. Na carta, June escreveu que não tinha fé alguma nos princípios abstratos segundo os quais "intelectuais engajados imaginam projetar mudanças sociais". Conseguia acreditar apenas, escreveu à filha, "em metas de curto prazo, práticas e factíveis. Todos precisam assumir a responsabilidade pela própria vida e tentar aperfeiçoá-la, antes de tudo espiritualmente, e materialmente se preciso. Não dou a mínima para as posições políticas de uma pessoa. Na minha opinião, Hugh Wall (um colega de Bernard na política), que conheci ano passado em um jantar em Londres e que passou a noite inteira interrompendo os outros na mesa, não é melhor do que os tiranos que adora denunciar..."

June publicou três livros na vida. Na metade dos anos cinquenta, *Graça mística: textos escolhidos de Santa Teresa de Ávila*. Uma década mais tarde, *Flores silvestres do Languedoque*, e, dois anos depois, um panfleto curto e prático, *Dez meditações*. Com o passar dos anos, suas visitas ocasionais a Londres ficaram menos frequentes. Ela permaneceu na *bergerie*, estudando, meditando, cuidando da propriedade, até ser forçada pela doença a voltar à Inglaterra, em 1982.

Não faz muito tempo, encontrei por acaso duas páginas de anotações taquigráficas da minha última conversa com June, um mês antes de ela morrer no verão de 1987: "Jeremy, naquela manhã eu fiquei cara a cara com o mal. Não entendi muito bem na hora, mas senti em meu medo — aqueles animais eram criações de imaginações depravadas, de espíritos perversos que nenhuma teoria social poderia explicar. Estou falando do mal que vive dentro de todos nós. Ele se apodera de um indivíduo, de vidas privadas, de uma família, e então quem mais sofre são as crianças. E nas condições certas, em países diferentes, em tempos diferentes, vem à tona alguma crueldade terrível, alguma violência sem limites contra a vida, e todos ficam surpresos pela profundidade do ódio que carregam dentro de si mesmos. Depois ele regride, e espera. É algo dentro dos nossos corações.

"Dá para ver que você me acha maluca. Não importa. É isso que eu sei. A natureza humana, o coração humano, o espírito, a alma, a própria consciência — chame como quiser —, no fim das contas, é tudo o que temos para trabalhar. Ela precisa se desenvolver, se expandir, ou a soma das nossas aflições nunca vai diminuir. Minha pequena descoberta foi que essa mudança é possível, que está ao nosso alcance. Sem uma revolução da vida interior, por mais lenta que seja, todos os nossos grandes planos são inúteis. Precisamos trabalhar primeiro conosco se temos alguma intenção de ficar em paz com os outros. Não estou dizendo que isso vá acontecer. É bem provável que não aconteça. Estou dizendo que é a nossa única chance. Se acontecer, e pode levar muitas gerações, o bem que fluirá disso vai moldar nossas sociedades de um modo não programado, imprevisto, que não estará sob o controle único de nenhum grupo de pessoas ou nenhum conjunto de ideias..."

Assim que terminei a leitura, o fantasma de Bernard surgiu à minha frente. Cruzou as pernas compridas e encostou as pontas dos dedos. "Cara a cara com o mal? Vou dizer o que ela enfrentou naquele dia — um belo almoço e algumas fofocas maldosas de vilarejo! Quanto à vida interior, meu caro rapaz, tente experimentá-la de barriga vazia. Ou sem água limpa. Ou compartilhando um quarto com mais sete pessoas. Mas claro, quando *todos* tivermos uma segunda casa na França... Sabe, do jeito que as coisas vão neste planeta superlotado, *precisamos* de um conjunto de ideias, e é melhor que sejam excelentes!"

June tomou fôlego. Estavam acertando as contas...

Desde a morte de June, quando herdamos a *bergerie*, Jenny, eu e nossos filhos passamos aqui todas as nossas férias. Houve ocasiões no verão em que me vi sozinho na última luz arroxeada do fim de tarde, na rede sob a tamargueira, onde June costumava se deitar, pensando em todas as forças históricas e pessoais, nas correntes imensas e minúsculas, que precisaram se alinhar e se combinar para que esse lugar acabasse nas nossas mãos: uma guerra mundial, um jovem casal ansioso por testar sua liberdade ao fim do conflito, um funcionário do governo em seu carro, o movimento de resistência, o Abwehr, um canivete, o trajeto de *Madame* Auriac — "*doux et beau*", a morte de um jovem de motocicleta, as dívidas que seu irmão pastor tinha de liquidar, e June encontrando segurança e transformação neste pedaço ensolarado de terra.

Mas é aos cães negros que retorno com mais frequência. Eles me perturbam quando penso na felicidade que devo a eles, especialmente quando me permito pensar neles não como animais, mas como espíritos caninos, encarnações. June me contou que às vezes, ao longo da vida, via os dois, enxergava de fato, com a retina, nos segundos vertiginosos que antecedem o sono. Descem correndo pela trilha até a Gorge de Vis, o maior deles pingando sangue sobre as pedras brancas. Cruzam a linha de sombra e adentram a região que o sol nunca alcança, e o prefeito bêbado e afável não vai mandar seus homens atrás deles porque os cães estão cruzando o rio na calada da noite e escalando o outro lado com esforço para atravessar o Causse; e quando o sono chega, eles estão se afastando, manchas negras no cinza da aurora, esmorecendo ao avançarem rumo aos contrafortes das montanhas de onde voltarão para nos assombrar, em algum lugar da Europa, em outra época.

IAN MCEWAN nasceu em Aldershot, na Inglaterra, em 1948. Seus livros já lhe renderam uma série de prêmios literários, entre eles o Man Booker Prize, para o qual foi indicado seis vezes, inclusive por *Cães negros*, e o Whitbread Award. Do autor, a Companhia das Letras já publicou *Reparação*, *Na praia*, *Enclausurado*, *A criança no tempo*, *Máquinas como eu*, entre outros.

1ª edição Companhia de Bolso [2021]

Esta obra foi composta pela Verba Editorial
em Janson Text e impressa pela Gráfica Bartira em ofsete
sobre papel Pólen Soft da Suzano S.A.

A marca FSC® é a garantia de que a madeira utilizada na fabricação do papel deste livro provém de florestas que foram gerenciadas de maneira ambientalmente correta, socialmente justa e economicamente viável, além de outras fontes de origem controlada.